猫かぶり殿下の執着愛

Kana Sonouchi
園内かな

Honey Novel

Illustration

芒其之一

CONTENTS

「お嬢さまー！　エミリアさまー！」

己を探すジェシカの声を聞きながら、エミリアは深呼吸し森の空気を味わった。木と土の匂いが漂《ただよ》う静謐《せいひつ》な森林は、神秘的でさえある。

エミリアはこの風景を愛していた。

その森の静寂《せいじゃく》が破られることを少し残念に思いながら、エミリアは返事をした。

「なーに、ジェシカ。ここよ」

しばらくして、ジェシカがやってきてふうと一息ついた。丸々とした温和そうな顔に汗をうっすらかいている。エミリアが生まれる前からずっと家に居る、世話焼きの女中は額の汗をぬぐいながら口を開いた。

「お嬢さま、此方《こちら》でしたか。こんなに森の奥まで来ると、蛇《へび》に咬《か》まれますよ」

「大丈夫よ、この辺りはまだ明るいもの」

森の奥は、昼間でもうっそうと生い茂る樹木に光を遮《さえぎ》られ暗く陰っている。陰ってじっとりとした場所には毒を持つ蛇が生息しているのが常だ。

過去、森の中で毒蛇に咬まれた人を何人か見たことがある。その中の一人を、エミリアとジェシカが助けたこともあった。

それを同時に思い出した二人は、顔を見合わせてふふっと微笑み合った。

「あの時は慌《あわ》ててしまったけれど、助かって良かったわね、あの子」

「お嬢さまは落ち着いて見えましたよ。でも『あの子』なんて言ってはいけません。どこぞの上位貴族のご令息なのは確かなんですから」

「それもそうね」

あれは八年ほども前になるだろうか。エミリアが森で助けた子供は、見るからに身分が高そうな風体《ふうてい》をした男の子だった。そんな子がどうして森の中に入り込んでいたのかはよく分からなかった。ともかく蛇に咬まれ毒に倒れていた、少年とも言えないような年齢の、ルーファスと名乗る子供を二人は助けたのだ。

最初にルーファスを見つけたのはエミリアだった。蛇に咬まれたと知って少し慌てたが、つい数日前に使用人が同じく蛇に咬まれ、治療の一部始終を目の前で見ていたのが幸運だった。

助けを求めて倒れ伏したルーファスをエミリアが処置し、そして後から来たジェシカが毒を中和する分解液を家に取りに走って事なきを得たのだった。

「あの子、今では元気になっているのかしら」

高熱で意識が朦朧《もうろう》としながらも、エミリアの手を縋《すが》るように握る、細く小さな指を思い出す。

その翌日には熱が引いたが、心細いのかエミリアと手を繋いだままでぽつぽつと話をしたように覚えている。結局、その日のうちにルーファスを探していたという彼の家の者たちが迎えに来て、会うのはそれきりになってしまった。

そんなことを回想していると、ジェシカが大きく頷《うなず》いた。

「元気ですよ」

「どうして分かるの？」

「今年もまた、たくさんの贈り物が届いたんですよ。手紙もあって、お使者の方がお嬢さまの返事をお待ちなんです」

「えっ……今？」

「はい、それでお嬢さまを呼びに来たんでした」

「それなら早く行かないと」

エミリアが駆け出そうとしたが、ジェシカはしたり顔で引き留めた。

「女は男を待たせるものなんです。そんなに走って向かうと侮《あなど》られますからね、ゆっくり行きましょう」

「まあ、ジェシカったら……」

こうしてエミリアは、自称『若い頃はモテて男たちを手玉に取った』というジェシカと共に、屋敷に戻っていった。

エミリアの家は荘園を営んでいた。

何代か前の先祖は未墾《みこん》の地だったこのフロウという土地を、自力で開墾し豊かな私有地とすることに成功した。人を多く使い大いに発展させ、大規模な土地所有に成功すると、エルトワ王国から荘園管理を拝命する形となった。中央の貴族ではないが、一応は身分を与えられている領主になる。

身分が高くないとはいえ、豊かな荘園の中で暮らしているのだ。王都では困窮《こんきゅう》した貴族が多いと聞くが、そんな彼らよりよっぽど物質的にも精神的にも余裕がある生活だ。そのせいか、エミリアの家では皆がのんびりとしていたし、使用人たちもゆったりと楽しみながら働くのがごく当然という雰囲気だ。

最近出入りしている、ただ一人を除いては。

「慌てたって、何も良いことはないんですから。誰かさんの言うことなんて聞いていると、忙《せわ》しないったらありゃしない」

「…………」

ジェシカの愚痴《ぐち》ともつかない話を、エミリアは諌《いさ》めることが出来なかった。

それはこの家の誰もが思っているがどうしようもないことだと諦《あきら》めている、今一番の悩みの種だった。

屋敷に着くと、使者は応接室でエミリアの父母にもてなされていたようだ。

いや、もてなそうとしたが固辞していたようで、エミリアを見かけると姿勢を正し恭《うやうや》しくお辞儀《じぎ》をした。

「エミリアさま、我が主より書状がございます。返事を賜《たまわ》るよう言い付かっておりますので、すぐにお目通し願います」

「え、ええ。ありがとう……」

そんなに改まった態度を取られると、なんだか圧倒されてしまう。エミリアが待たせても嫌な顔一つ見せず、礼儀作法というものを叩き込まれているようだ。

その全てが、ルーファスの身分が高く家格が比べ物にならないということを物語っていた。

促《うなが》されるまま手紙を見て、少し驚いたもののエミリアは父にそれを手渡した。

「私の一存では決められませんので、父に任せます」

エミリアに促され、父のレスターも手紙を見る。そこには、こう記されていた。

『手紙を出すのも久しぶりだね。近々、そちらの方に行く用があるので遊びに行ってもいいかな？　懐かしのかの地で会えると嬉しいよ　ルーファス』

「勿論《もちろん》ですとも、是非《ぜひ》お立ち寄りください」

父が快諾し、母も楽しみだと顔をほころばせている。

(良かったわ、私が望むまでもなかった)

思わずホッと吐息を漏らすエミリアに、使者はじっと視線を送り確認をするように口を開く。

「エミリアさまは、どうお考えでしょうか」

「私は……勿論、お立ち寄り頂きたいわ。お父さまもお母さまもそう望んでいらっしゃるし」

使者は納得したのかしていないのか、曖昧《あいまい》な表情を浮かべて頷きルーファスに伝えると辞していった。

父母を言い訳にしたと、己が一番分かっていた。


「八年も前に助けた、どこぞの貴族の息子だって？　一体今さら、何をしに来るのやら」

案の定、その話を聞いたテレンスは文句を言い始めた。

テレンスはエミリアの婿養子候補、そして荘園の跡継ぎ候補でもある。エミリアの父の遠縁から推薦された彼は、確かに有能で荘園管理の手腕は優れていた。

王都で農業や森林についてと、会計学を学んできたとかで彼が助言した通りにすると収益は増え支出は減っていく。しかし、それに比例するように荘園に働く皆の不満は高まっているようにエミリアは感じていた。

「手紙には、近くに寄るから懐かしく思って、と書いてあったわ」

エミリアが取り成すと、テレンスは肩をすくめた。

此処《ここ》はエミリアの家のダイニングルームだが、彼は我が家のように振る舞ってジェシカにお茶を淹《い》れるよう言いつけたりしている。ジェシカは仏頂面のまま無言で去ってしまった。

そんなジェシカに目もくれず、テレンスは思うままを言葉にしてエミリアにぶつける。

「大体、身分も領地も分からず、名字も名乗らず名前だけの奴なんて怪しいじゃないか。この家に入り込んで、何か良からぬことを企《たくら》んでいるかもしれない」

「まさか。助けた時はほんの子供だったのよ」

「八年経《た》てば、成長もしているだろう。何歳くらいだったんだ」

エミリアは少し考えて口を開いた。

「私は十歳くらいだったわ。彼はそれより年下に見えたから……」

「十八歳以下の少年か青年、と言ったところか。それにしても、全くの没交渉から突然来るなんて失礼な話だ」

決めつけるテレンスに、エミリアは首を横に振って反論した。

「全くの没交渉ではないわ。毎年、感謝の品々を送ってくれていたし、近況を知らせ合う手紙はやり取りしていたもの」

「ああ、それは聞いた。だが、最近はあまり手紙も送らなかったんだろう？」

テレンスの窺《うかが》うような視線に、不承不承に頷く。

テレンスがこの荘園にやってきて一年ほどだが、彼は荘園の管理と同様にエミリアの言動にも細かく口を出していた。外出は誰と何処《どこ》に行って何時《いつ》帰宅するのか、買い物は何を買っていくらしたのか、手紙はどんな関係の誰とどのようなやりとりをしているのか……。

特に何が駄目だと禁止されるわけではない。しかし、テレンスが詳細を尋《たず》ねてくる度《たび》にエミリアの中でやる気というものが削《そ》がれ、最近は手紙を前にしても筆が乗らずに何も書けずにいた。

ルーファスとの他愛ない話をする文通は癒されるし、楽しかった。しかし、年下の少年に癒しを得て今の状況から逃避するのは良くない、と思い始めてしまったのはテレンスの干渉と無関係ではない。

テレンスに『今日は何をしてどう過ごしたか』と尋ねられた時はいつも、なんだか楽しんでいると咎《とが》められるようだった。悪いことでもしているような気持ちになってしまうのだ。

こんな風に考えてしまうのも、彼と自分が合っていないからではないか、という考えが頭を過《よぎ》る。

「……とにかく、お父さまも了承済みだし、お母さまも喜んでいるわ」

これで話はお終《しま》いだという風に締めくくると、テレンスは鼻で笑う様子を見せた。

「どうかな。義父《ちち》も義母《はは》も、甘いところがあるからな。親切は美徳だが、過ぎると付け込まれる。使用人たちもそれに甘えてサボりがちだ」

この辺りが、一番考え方が違うなと感じてしまう。

荘園で働く皆はよくやってくれていると思う。皆、楽しそうにお喋《しゃべ》りをしたり歌ったりしながら働いている。会話や歌の中でも、コミュニケーションや過去の知恵の共有なんかが出来るものなのだ。

しかし、テレンスに言わせるとお喋りなど不必要で黙って働けと、そういう考えらしい。

皆の話や歌を聞きながら、作業を眺めたり少し手伝わせてもらって育ったエミリアには、荘園が変えられてしまうのが残念でならない。確かに、お喋りに夢中になって手が止まってしまう人も中にはいるけれど、そんなに厳しく注意しなくても、と思ってしまう。

王都に居ただけあって、テレンスのやり方は都会的なのだろう。

ただ、彼も悪気があるわけではないし、荘園を発展させより豊かにしようと考えているのは確かだ。エミリアはいつものように彼を宥《なだ》めた。

「そんな風に言わないで。皆、貴方《あなた》を困らせようとしているわけではないのよ。時間に追われたり急《せ》かされるのに慣れていないだけなの。私も同じだわ」

「エミリア、君を責め立てるつもりはなかったんだが……」

「ええ、分かっているわ。でも少し様子を見て、皆のことを急に変えようとしないでほしいの」

「君がそう言うなら。分かったよ」

エミリアが取り成すと、テレンスは矛《ほこ》を収めてくれる。

だが、こんな会話を繰り返す度に焦燥感《しょうそうかん》のような、この関係を続けても良いのだろうかという悩みが深くなる。

「……貴方はこれから農場の見回りに行くのよね？　私は少し、部屋で休ませてもらうわ」

一人になりたいと立ち上がると、テレンスも席を立った。

「部屋まで送ろう」

そう言った彼の手が背中に添えられる。

反射的に、触れられるのは嫌だとエミリアは身体を避けていた。

「大丈夫よ、自分の家だもの。ああ、ジェシカがお茶を持ってきてくれたようね。ゆっくり飲んでいって」

取《と》り繕《つくろ》うように言って、返事を待たずにダイニングを後にしてしまう。

きっと自分はテレンスのことを好きではないのだろうと、エミリアは他人事のように思った。

確かに、彼に尊敬出来る部分はある。数字に強く、博学で仕事熱心だ。エミリアの言動を細かく尋ねようとするが、彼女にまで勉強や勤労を強要したりはしない。一応は、大切に扱《あつか》ってくれている。きっと、もっと酷《ひど》く嫌な男などいくらでも居るだろう。

エミリアの母だって、父と結婚したのは親戚が間に立って紹介されたと言っていた。今は夫を尊敬していると言っているし、二人は仲良く見えるが知り合った当初からそうだったのだろうか。

エミリアだって年頃の娘だ。好きな人と一緒になりたいという、乙女らしい希望は持っている。

でも、好きってなんだろう。

まだ初恋も知らないエミリアの悩みは、本人にとってもそんなに大したことのないものの筈《はず》だった。

今、この時はまだ。

その日は皆が、そわそわとしていた。

今日ついに、ルーファスがこの荘園にやってくるのだ。

今まで、ルーファスの贈り物と言えば、酒や加工食品などの皆への振る舞い物を始めとして、エミリアとジェシカへの上質の絹、本、宝石まで。人助けはしておくものだな、という現金な感想が飛び交い、そしてちょっとした宴《うたげ》が行われるのが毎年の恒例行事となっていた。

それが今年は、贈り主本人がやってくるのだ。どれだけ豪華な物がやってくるのかと、皆の期待が高まるのも無理は無い。

やがて、小高い丘から四頭立ての馬車と、それに伴走する騎馬の騎士たちが見えてきた。遠くに見え始めた時から既《すで》に、荘園の皆は仕事を放りだして屋敷の前に集まり始めた。テレンスは苦い顔をしているが、父であるレスターが許しているのだから咎める事は出来ない。

豪華な馬車とぴかぴかの揃いの鎧《よろい》を着た騎士たちが近付いてきて、やがて停まると皆のざわめきは最高潮になった。皆、旅の途中の貴族の馬車などは見たことがあるが、これほど凝《こ》った細工が施《ほどこ》された豪奢《ごうしゃ》なものは見たことがなかったのだ。

騎士たちが下馬し、ビシリと整列し馬車の中の人が現れるのを待つ。皆、固唾《かたず》を呑《の》んでどんな少年が出てくるかと目を凝らす。

きっと、一目で高貴だと分かるような少年に違いないと、そう思い込んでいた。

従者によって馬車の扉が恭しく開けられ、中から降りてくる人を見て、皆は驚きに目を瞠《みは》った。

藍色《あいいろ》の仕立ての良い衣服に金の模様が刺繍《ししゅう》された、見るからに手のかかった高級そうな衣服を着こなしたその人は、少年などではなく背が高く逞《たくま》しい青年だった。頭の先からつま先までぴかぴかで、こんな良い服を着た人は初めて見たと皆、感動さえしていた。

ルーファスは迷いなくエミリアの前まで歩み寄ると、じっと顔を見つめた。

エミリアも驚いたように、ぼぅっと彼を見上げてしまう。

ルーファスは目を奪われるほどに美しく成長していた。

印象的な瞳は青みの強い水色で、エミリアが見たこともないような宝石のように煌《きら》めいている。髪は銀色でさらさらとして見え、すらりとした頭身に小さな顔をバランスよく覆っている。

信じられないほど綺麗《きれい》だが、近付き難くはないのは、優しげな笑みを浮かべているからだ。

それはまるでエミリアを受け入れようとするかのようで、思わずふらふらと寄っていきそうになる。エミリアは意思の力で足を止めた。なんとかその場で膝を折る淑女《しゅくじょ》の礼をした。

どこからどう見ても、尊い身分の高貴な方だ。

銀の髪や水色の瞳は庶民の間ではなかなか見かけないことが一番の証《あかし》だった。

そんなルーファスが、助けられて恩義を感じているのかここに立ち寄ってくれている。とても誇らしく嬉しい事だと、皆の顔は喜びに輝いていた。

けれど、エミリアは自制しなければと、そう感じていた。

彼は親しげな様子を見せてくれているが、助けたのは人として当然のことだ。あまり馴《な》れ馴《な》れしく思い上がった態度ではいけないと考えたのだ。

頭を下げると、ルーファスが声をかけてくれた。

「エミリア、久しぶりだね」

声も、少年のものではなく大人のそれになっている。心地よく響く自分の名に、エミリアの身体は知らないうちにふるりと震えた。まだ少年と思い込んでいた彼の変貌《へんぼう》ぶりになかなか頭が追いつかない。

「大きくなったわね……」

口をついて出たのは、そんな言葉だった。思わず心の声を呟《つぶや》いてしまった。言ってから、挨拶《あいさつ》もせずに失礼なことを口にしてしまったと失言にひやりとする。

だが、ルーファスは気を悪くした風でもなく、屈託《くったく》なくにこりと笑った。

「エミリアのお蔭だ。君が助けてくれなかったら、俺は命を失くし、成長することもなかった。此処に戻ってこられず、再会も出来なかっただろう」

「……！」

確かにそうかもしれない。けれど、改めてそう言われると胸がいっぱいというか、あの時に出会えて助けることが出来て、本当に良かったと感激してしまう。

ルーファスはエミリアの手を取って真摯《しんし》に礼を述べた。

「改めて、お礼を。君は命の恩人だ。ありがとう、エミリア」

そしてそのままエミリアの手を唇に近付け、軽く口付けた。ただの挨拶だろう、そう分か

っているのにエミリアの胸は高鳴った。

その高揚《こうよう》に冷や水を浴びせたのは、隣に居たテレンスだった。

「それで、一体どこの家中のどなたなんですかな？　先《ま》ず家名を名乗るのが常識という物でしょう」

見ると、テレンスは口元を歪《ゆが》め機嫌が悪そうだ。

半ばテレンスの存在を忘れ、ルーファスに見惚《みと》れていたエミリアは彼を諫められない。

ルーファスは特に機嫌を害した様子でもなく、柔和《にゅうわ》な笑みを浮かべたまま ちらりと背後に控える騎士に視線を送った。

すると騎士の中でも一際体格の良い男が前に進み出た。

「家名は故《ゆえ》あって名乗ることは出来ない。だが、ここエルトワ王国ではなくヴィレカイムの国に住まう高貴な血筋の御方《おかた》である」

その言葉を聞いて皆がざわついた。エミリアたちの住む王国ではなく隣国の貴族とは。この大陸では諸国が陸続きでいくつも連なっている。この地の隣国であるヴィレカイムでもたくさんの人々、貴族も暮らしているのだろう。

それに、確かに隣国の貴族だとおいそれと身分を明かすわけにもいかないのかもしれない。

エミリアも含む皆がそう思っていると、ルーファスはまたにっこりとして言う。

「身分はここではないものとして接してほしい。俺はただ、君に会いに来ただけだから」

「そ、そう、ですね……それでは、改めまして。ようこそおいでくださいました、ルーファスさま……」

「さまは要らない。ルーファスと呼んでほしい」

「えっと……とりあえず、中にお入りくださいませ……」

さすがに、身分ある人を外にずっと立たせておくわけにもいかないだろう。エミリアが申し出ると、父レスターも慌てて頷いた。

「そうです、どうぞ中へ。ようこそお越しくださいました。えーと、騎士の方々は……」

こういう時、御付の騎士たちには中に入ってもらった方がいいのだろうか。そういうことも分からずまごつくエミリアたちに、ルーファスが先回りして言った。

「皆には外で待っていてもらう。中に入るのは俺だけで結構……」

「そういうわけには参りません。御身《おんみ》をお守りするのが我らの役目故」

ルーファスがそう言うと、先ほど進み出て説明した騎士が異議を唱えた。それを聞いてルーファスが訂正する。

「それではこの騎士、ヒューゴーだけ同室させてもらうが構わないだろうか」

「ええ、勿論ですとも。どうぞどうぞ……」

ヒューゴーという騎士は背が高いだけでなく、いかにも鍛《きた》えていることが分かる均整のとれた体格であった。まだ若いようで、黒い髪も日焼けした肌も艶々《つやつや》としているが、表情はにこりともせず厳《いか》めしい。はしばみ色の瞳も、怪しい者が居ないか厳しく周囲を警戒しているようだ。

このヒューゴーとルーファスが並ぶと、まるで絵草子の中の主従のようだ。女性の皆はうっとりと二人に見惚れた。輝くような美貌《びぼう》の貴公子と、その護衛である逞しい騎士だ。人々の心をかきたて、ときめかせるには十分な組み合わせだった。

エミリアも、自身はそんなに軽薄に騒ぎ立てる性質ではないと思っていたのだが、二人を見ているとなんだかドキドキしてしまう。年頃の娘らしい浮ついた心をなんとか落ち着かせ、まばゆいばかりの笑みを向けるルーファスからそっと瞳を伏せた。

あらかじめ来客用に整えられた応接室へ、エミリアの父レスターが先導し始める。エミリアと母、そしてテレンスも移動しようと足を進めた時に、ルーファスが思いついたとばかりに口を開いた。

「そういえば、些少《さしょう》だが贈り物を持参している。外に置いたままにするのも不用心だろう。侍従から受け取って頂きたい。シリル、案内を」

シリルと呼ばれた、若く小柄ながらも目端《めはし》が利《き》きそうな青年が歩み出た。そして目録らしき用紙を見ながら話す。

「はい。馬車二台分に様々な物を入れてありますので、分類しながら受け取って頂きたいのですが、どなたさまにお預けすればよろしいでしょうか」

エミリアたちは顔を見合わせた。家令などという高級使用人が居るような家ではない。ただ、最近は全てテレンスが管理しているので、となると彼しか居ない。

「ではテレンスに対応してもらおう。テレンス、頼むよ」

父に頼まれたテレンスは、応接室に心残りがあるようだったが仕方ないとシリルと連れ立っていった。話は聞きたいが、他の使用人に受け取らせるのも不安なのだろう。

テレンスとシリルを見送っていると、隣のルーファスがふっと笑った気配があった。

「……？」

不思議に思って見上げたエミリアだが、ルーファスは変わらない穏やかな笑みを浮かべ、そして手を差しだした。

「さあ、行こうか。お手をどうぞ」

「えっ……」

エスコートなんてされた事は無い。

戸惑うが、同時に嬉しくも思う。エミリアはおずおずと手を出した。

ルーファスは迷いなくその手を取る。

大人の、男性の手だった。記憶にあった、幼い子供の華奢《きゃしゃ》な手が薄れていく。

時はそんなに経ったのだと、驚くばかりだった。

「それではあの時、十二歳だったのですね」

応接室に入り、ヒューゴー以外の皆がソファに腰掛けて談笑を始めた。

ヒューゴーは座るわけにはいかないと言い張って、部屋の隅で起立している。気にしないでほしいとのことだった。

エミリアたちは最初のうち、気になって立派な騎士の立ち姿をちらちらと見てしまったが、あの事件の話になるとルーファスの話に引き込まれていった。

父のレスターも頷き、しみじみと言う。

「あの時は怪我《けが》のせいか幼く見えて、エミリアより年下の子供だとばかり思っていました」

「いや、怪我のせいだけでは無かった。あの時の俺は身長も低く、痩《や》せた子供だった。エミリアより幼く見えても不思議は無い。それで、この国境近くの別邸で療養していたのだ」

初めて聞く話に驚きつつ、皆は得心して頷く。

ルーファスは続けた。

「あの日は気分が良いから、侍女に連れられ少し遠出をしたのだが……そこからはぐれて森の中で迷ってしまったというわけだ」

「なるほど、それであの森に。確かに、この辺りはヴィレカイムとの国境も近い。よくご無事なうちに、エミリアが見つけたものです」

「ええ、本当に良かったわ」

父母が安堵《あんど》して顔を見合わせ、エミリアも微笑む。

ルーファスもにこりとして言った。

「エミリアは命の恩人だ。本当に感謝している」

「まあ、そんな……でも、私は当然のことをしただけです。たまたま、助ける方法を知っていたので……」

「あの直前に、同じく蛇に咬まれた人の治療を見ていたと手紙に書いてあったな」

「はい、そうなんです」

ルーファスが文通の内容を覚えていてくれたことを嬉しく思う。

身分が高く、忙しい筈の人が手紙を書いてくれたり、こんな風に訪問して話をしてくれるなんて。エミリアはなんだか感激していた。

そんなエミリアに、ルーファスはくすりと笑いかけた。

「堅苦《かたくる》しくない口調で話してほしい。あの手紙のように語り合えるのを楽しみにしていた」

「ルーファスさま……」

「さまは無しだと言っただろう？　以前のまま、友に語りかけるように話してほしい」

「はい、ええ……」

確かに、手紙では気安い言葉でやり取りしていた。

それはルーファスが年下の少年と思っていたからだし、彼の方も改まった口調ではなくごく普通の言葉遣いだったからだ。しかし今の彼は普通の人とは違う、高貴な人しか持ち得ない独特のオーラのような物を纏《まと》っているように思う。

エミリアのような一般人は知らず知らずのうちに威圧され、跪《ひざまず》いてしまうような空気を漂わせているのだ。気安く親しい口を利いても良いのだろうかとは思う。けれど、彼にそう請われるのは素直に嬉しかった。

「それで、一番の恩人であり親しい友人のエミリアを、我が国に招待したい」

「えっ」

エミリアは驚いてルーファスを見上げた。彼は柔和な笑みを浮かべたまま続ける。

「此方の事情になるが……成人したこともあり、これからは色々な儀式に追われ暇がなくなってしまう。君を案内出来るのは今だけだから、是非一緒に来てほしい」

「それは……とても光栄だけれど……」

自分は行きたくても、テレンスに反対されるのではないか。

それに、父母はどう思うのだろう。エミリアが心配そうに両親に視線を送ると、父は寛容に頷いた。

「自分で決めるといい。エミリアが行きたければ行っても良いし、気が乗らなければそれでも良い」

　自分で決めても良い。そう言われると、エミリアはドキドキしながら口を開いた。

「だったら……私、行きたいわ。行ってみたい……」

　自国の王都にさえ出向いたことは無く、出掛けると言ってもせいぜい近くの大きめの集落くらいだった。勿論、この荘園が好きで自然に囲まれていたいとは思っていた。でも、ルーファスが案内してくれるというなら一度、外国に行ってみたい。色々な場所や風景を見てみたい。そんな希望に胸が躍った。

　もし、此処にテレンスが居たら猛反対されるだろう。だが幸いにも彼は居《お》らず、父母はエミリアの意思に任せてくれる。この状況が思った以上にありがたくて、エミリアはホッとしていた。

　結論が出たところで、それまでずっと黙って扉の脇で立って居たヒューゴーが口を開いた。

「それでは明日の早朝、出立いたします。旅程の都合で急な話になりますが、よろしくお願いします」

「ええ。えーっと、大体何日くらいの滞在になるかしら？　着替えはどれくらい持っていけば良いの？」

　エミリアがルーファスに尋ねると、彼は変わらない笑みを浮かべたまま答える。

「そんなに多くなくても大丈夫だよ。向こうでも用意させよう」

「そんなわけにはいかないわ。それで、お邪魔するのはいつまでの予定なの？」

「……それは、また様子を見ながら決めていけばいい」

「それもそうね」

そんな物なのかな、と思ってエミリアは頷いた。

ルーファスほどの人になると、突然予定が変わったりするかもしれず何日間の旅行、と決めたりしないのかもしれない。けれど、ルーファスの言葉はあまりにはっきりしない。彼の微笑みも、曖昧なものに感じられるような……。

エミリアがルーファスの真意を汲《く》み取ろうとするように顔を見つめると、彼はすっと立ち上がって言った。

「今日は酒と食品を持参している。これからささやかながらの酒宴を開き、皆と交流を深めたいのだが如何《いかが》だろう。俺を助けてくれたもう一人の女性や、保護してくれたあなた方にせめてものお礼をしたい」

父は喜んで応じた。

「それは嬉しいお申し出です。今までもささやかとは言えない贈り物を多々頂いていましたが、今回も皆が喜びます」

宴はささやかではないほどたっぷりとした酒量とご馳走《ちそう》があって、荘園の人々は本当に楽しんでいるようだった。騎士や従者の人たちも、屈託なく荘園の使用人に混ざり盛り上がっている。

ちらりとテレンスを見ると、贈り物の受け取りで仲良くなったのか、シリルというルーファスの従者と飲みながら何やら話していた。

テレンスとは宴の準備や何かで忙しいのか、一度も話す機会がないままだった。正直、エミリアはそれにほっとしていた。今さらルーファスに招待されたことに文句を言われ、水を差されたくはない。

エミリアは宴を早めに切り上げて部屋に戻り、数日分の旅支度をして翌朝の出発に備えたのだった。

エミリアとルーファスたち一行は予定通り、早朝に旅立った。

見送りは父母とジェシカのみだった。テレンスはどうやら昨夜の宴席で撃沈してしまったらしい。珍しいことがあるものだと父も言っていた。

ジェシカも行きたがっていたが、数日とはいえ働き手を荘園から抜けさせるわけにはいかない。エミリアも普段は大した手伝いをしているわけではないが、その分の抜けがあったら心配だと、ルーファスは侍従の一人であるシリルを置いていくと申し出た。

「交換というわけではないが、大事な娘であるエミリアを預かるからには此方も人を置いていくのが良いだろう。シリルは若いが有能だ。こき使ってやってくれ」

「いえいえ、貴族に仕える方を使うだなんてとんでもない」

父は恐縮しきりだったが、シリルは屈託なく父母に挨拶をしていた。どうやら庶民出身の従者であったらしい。

こうして、エミリアはルーファスの祖国であるヴィレカイム王国に向かい出発したのだった。


四頭立ての馬車は飛ぶように走り、とても速い。乗車の前も、乗り込んでからも、ルーファスはエミリアの事を気遣ってくれてとても優しかった。こんなに親切にされて嬉しいと、エミリアは感激さえしていた。

その雰囲気が一変したのは、出発してから数時間もした頃だった。既に荘園の姿は見えず、そろそろ国境を越えようかとする辺りだ。エミリアはルーファスと横並びに座り、外の景色を物珍しそうに眺《なが》めていた。馬車の駆ける物音しかしない車内で、ルーファスが切りだした。

「ところでエミリア、君の婚約者候補のことだが」

「えっ。ええ……」

ルーファスにそのことを伝えた覚えはないが、やはりそれとなく分かったのだろうか。そう考えるエミリアに彼は続けた。

「どうして俺に知らせなかった？　手紙では何も書いていなかった」

「それは……正式に決まったわけではないし、結婚なんてまだ先だと思っていたから……」

「決定後に俺に知らせるつもりだったというわけか」

「そう、ね……」

「そもそも、近況を報告する為のやり取りも間遠になっていた。それは、あの男が現れてからでは？」

「う……」

「君が奴に心を奪われ、俺との思い出を忘れていたというのなら分かる。俺たちは、八年前に一度会ったきりなのだから。しかし、様子を見ると君は奴と望んで結ばれるつもりもないようだった」

ルーファスは糾弾《きゆうだん》しているわけでも、声を荒らげて怒っているわけでもない。ただ、事実を指摘して質問しているだけだ。

しかし、いつものにこやかな笑みもなくじっとこちらを見つめ踏み込んでこられると、エミリアは目も合わせることが出来ない。俯《うつむ》いたまま、小さく謝罪する。

「ごめんなさい……」

「謝罪など要らない。ただ、聞きたいんだ。エミリア、君の気持ちを」

「私の、気持ち？」

ルーファスがエミリアの顎《あご》を持ち上げ、俯いていた顔を彼に向き合わせた。

真摯な水色の瞳がじっとこちらを見つめている。わけもなく身体が震《ふる》え、エミリアはまた目を伏せそうになったがルーファスが囁《ささや》く。

「こっちを向いて、エミリア」

「っ……」

「君は、あの男と結婚したかった？　これから先の人生、共に過ごし共に眠り、彼を愛そうとしていた？」

「いいえ……違うわ。私は……家の為に、荘園を継ぐ為に……結婚は仕方のないことだもの……」

「では、彼を愛しては居ないと、そう言うんだ」

何故《なぜ》ルーファスがそんなことを言わせたいと思うのかは分からない。けれど、彼にそう言われて、今まで悩んでいたのがバカらしく思えてきた。

どうして好きでもない、性格的に合いそうにもない人と結婚しようとしていたのだろう。

エミリアはこくりと頷いた。

「私は……テレンスのことは……」

その時、急に馬車がガタンと揺れて停まってしまった。周囲にざわつく声も聞こえる。

エミリアがはっとすると、外から声がかけられた。どうやら第一の騎士であるヒューゴーのようだ。

「ルーファスさま。馬車がぬかるみにはまり、出すのに少し時間がかかりそうです」

「すぐに出発出来るようにしろ」

ルーファスは冷徹《れいてつ》に命じた。しかしヒューゴーは彼を諌めた。

「良い機会ですので休憩にすべきです。走りっぱなしでは馬も疲れます」

「ならば乗り捨てて別の馬を用意しろ」

荘園では馬を大切な財産として扱っていたので、その冷たい言い方にエミリアは驚いてルーファスを見つめた。

ヒューゴーも更に言い募る。

「エミリアさまもお疲れなのでは？　慣れない馬車旅の女性を気遣うべきです」

「……休憩にする。だが出発は急がせろ。なんとしても、今日中に戻る」

「はっ」

ルーファスの祖国であるヴィレカイムまで、通常は馬車で行くと二日ほどかかる。乗合馬車だと三日はかかるほどだ。それを一日で到着させるとは、確かに馬に無理をさせなければいけないだろう。

エミリアのそんな視線に気付いたようで、ルーファスは優しい口調で説明した。

「都合があって、どうしても今日中に戻りたいんだ。窮屈《きゅうくつ》な馬車の中で悪いが、しばらく我慢してほしい」

「大丈夫よ、私は。気にしないで。でも休憩なら、少し外の空気を吸いたいわ」

「俺もついていこう」

彼はエミリアには優しい。けれど、他の人への冷たい態度と、先ほどの会話が気になって少し一人になりたかった。エミリアは言い訳がましく続けた。

「その……用足しも、あるから……」

「ああ……すまない、気が利かなくて」

「いいえ、そんなことないわ。少し、行ってくるわね」

ルーファスと共に馬車を降りると、一人で脇の森の中に入っていく。彼はやはりついてきたそうにしながら、声をかけた。

「あまり遠くまで行かないように、気を付けて」

「ええ、勿論」

頭が混乱していた。今さっきの、馬車の中での会話を思い返すと心臓が早鐘を打つ。

エミリアは今まで、家を、家族を、荘園を何よりも大切だと思っていた。それは昔から染みついたもので、意思の根底とも言える。

それなのに、ルーファスに見つめられ、少し話しただけで家を継いで結婚することをバカバカしいとさえ考えてしまったのだ。

あり得なかった。一体どうして、そんな風に思ってしまったのだろう。

いや、家を継ぐことを軽《かろ》んじたわけではない。ただ、好きでもないテレンスと結婚したくないと思っただけの筈だ。

しかし、エミリアには他に好きな人もおらず、恋も知らなかった。だからそんなに強い気持ちでテレンスのことを拒否しようとは思っていなかった。

テレンスだって悪い人ではないから、話せば分かってくれるし折り合いをつけていけばやっていけただろう。やり方は違えど、荘園を発展させようという気持ちは同じなのだから。

混乱は収まらないが、いつまでも木に向かってぼうっとしているわけにもいかない。エミリアはそっとその場を後にし、馬車のあるところへと向かった。

馬車の近くでは、ヒューゴーがまたルーファスに訴《うった》えかけていた。

「このままでは馬の脚に影響があります。御者や他の護衛にも無理をさせすぎです」

それほどのスピードで走り続けていたということだろう。この速度を維持させると馬にも人にも影響がある。

しかし、ルーファスは笑みも浮かべず言い放った。

「馬は買い換えて乗り捨てても構わない。御者《ぎょしゃ》も代わりを雇えば良い。護衛は後から追いかけさせろ。あの者たちの回復を待って時間を浪費する方が危険になる」

一体、危険とはなんだろう。どうして、エミリアには優しいのに、今はこんなに冷たい物言いなのだろう。

考えがまとまらず、足が止まりじっと二人を見つめる。エミリアの視線にルーファスはすぐ気付いた。彼はエミリアを見つめると柔和な笑みを浮かべる。そしてすぐ近付いてきて手を差しだした。

「もう大丈夫か？　そろそろ休憩も終わりだ。馬車に乗ろう」

「ええ……」

ヒューゴーは黙って頭を下げた。

エミリアが手を取ると、ルーファスはエスコートして馬車まで連れて行ってくれる。気遣ってくれる視線といい、完璧な仕草だ。一体、彼はどんな人なのだろう……。

手紙では気兼ねなくやり取り出来る仲だった。会ってみても、今こうやって隣に居ても、優しいし柔《やわ》らかな雰囲気の持ち主だ。けれど先ほど目撃した彼は、冷酷《れいこく》な支配者のようだった。それも当然なのかもしれない。そもそも、実際に支配階級の身分なのだ。

エミリアは何も言わず、不信感を胸にしまい込んだ。どうにかして彼を変えなければ、とか何かしなければ、という考えには及ばない。

ただ、一体彼はどういう人なのだろうという不安が初めて胸に生まれた。

その後、馬車の中では当たり障《さわ》りの無い会話に始終し、何も問題はなかった。

けれど、こんなに急がせて他の人は大丈夫なのだろうか。馬車で座って楽をしているだけの自分は良いが……と心配をせずにはいられない。

「到着致しました！」

やがて馬車が止まり、目的地へ到着したことが知らされた。

既に夕刻で太陽は沈もうとしている。馬車の中でも窓を全て閉めないと夕日が眩《まぶ》しい。

ルーファスと一緒に地上に降り立ったエミリアは、馬が汗みずくで息が荒く、よろよろとしているのに気付いた。

馬だけではない。馬上の騎士たちも、やっとの思いでついてきたようで土埃《つちぼこり》と汗にまみれ、疲労の色が濃い。早く休憩させてあげないと、こんなに疲れていると今後の体調にも……。

「さあエミリア、着いたよ。一緒においで」

しかし、ルーファスは彼らをねぎらうわけでもなく、すぐにエミリアを案内しようとしている。エミリアはおずおずと口を挟んだ。

「あの、皆さまにお礼を……連れて来てくださって、ありがとうございましたって言いたいわ」

「お礼？　そんなものは必要ない。それが彼らの仕事だ」

ルーファスはにべもない。エミリアは一瞬怯《ひる》んだが、少し食い下がった。

「たとえお仕事でも伝えたいわ……それに、長い道中を急がせてお疲れの筈《はず》よ。しっかり休息を取ってもらわないと」

「それなら、なおのこと早く去った方がいい。俺たちがここに居ると、彼らはずっと姿勢を正したまま待機しなければいけないのだから」

そうまで言われると、それ以上エミリアに紡《つむ》ぐ言葉はない。ぺこりと頭を下げ、態度でお世話になりましたと伝えておく。

それから、ルーファスが導こうという方向を見て絶句した。

「ここは……お城？」

お城が目の前に見えるわけではない。

何故《なぜ》ならば、此処《ここ》は既に城の敷地内のようで目の前には城の別塔のような、小ぶりといえど十分に広大な建物がある。その車寄せに馬車が停められていたのだ。

大きなお城の壁面はすぐ脇にそびえたっていた。

「そうだ。これはヴィレカイム王城の離宮に当たる。俺の持ち物だ」

「離宮……持ち物……？」

エミリアは、言葉は聞こえたが理解が及ばず繰り返してしまう。

ルーファスはそれには何も答えない。

「さあ、中に入ろう」

急かすようにエミリアを伴《ともな》い連れて行く。離宮の中に入ると広い玄関ホールがあり、かっちりとしたメイド服を着こんだ妙齢の女性が二人、待ち構えていた。

「殿下、長旅お疲れさまでした」

「俺はいい。彼女の面倒を見てやってくれ」

「はい、かしこまりました。先《ま》ずは入浴とお着替えでよろしいでしょうか」

ルーファスたちの会話を聞いて、そんな、という気持ちでいっぱいだった。

侍女たちは「殿下」と言ったのだ。

離宮を所持している殿下、それは、彼がこの国の王子であるということに他ならない。さすがのエミリアも余りの身分差に青ざめた。

「わ、私……っ、そんなの聞いていなくて……ごめんなさい、今までなんて口の利き方を……」

「勿論、それは俺が隠していたからだ。俺が王子であると知れば逃げ出すだろう、エミリア」

それはその通りだった。今まさに、逃げたくてたまらない。

大体、彼が貴族だとしても不相応なのだ。いくら彼の恩人とはいえ、馴れ馴れしく接して良いわけがない。じりじりと下がって退室、いや、帰国したいと思うエミリアに、ルーファスは侍女たちに顎で指した。

「彼女に入浴と着替えを。その後は夕食だ」

「かしこまりました、ルーファス殿下」

侍女たちは綺麗に声を揃え、そしてエミリアの両腕をがっちり摑んでしまった。それは存分に彼らの意思、『逃がさない』という声を伝えていた。

「あっ、あのっ、私は……っ」

「さあお嬢さま、どうぞ此方へ。旅の埃を落としましょう」

「わっ、私、お嬢さまなんかじゃないんです……！」

エミリアの声は黙殺された。


侍女たちがエミリアを連れて行った先は浴場だった。

浴室ではない。大浴場だ。

大きな丸い湯船にお湯がなみなみと溢《あふ》れている。服を着たまま、脱衣場から茫然《ぼうぜん》としているエミリアに、侍女たちが手を伸ばし口々に話す。

「さあ、お身体を洗わせてください」

「此方のドレスは洗濯の為にお預かりさせて頂きます」

「あの、でも着替えは……」

「勿論、殿下より贈られたものが用意してあります」

エミリアが着てきたものはドレス、というほどの服ではない。それなりの、余所行《よそゆ》きのこざっぱりした服を着てきたが、王城の中では庶民の古着のように見られているだろう。

今さらながらに、着替えを何日分用意すれば良いのかと聞いた時のルーファスが曖昧な笑みを浮かべていたわけが分かった。そんなみすぼらしい服を着るまでもなく、別に用意しているという事だったのだろう。

それならそれで、どうして言ってくれなかったのかと恨み事を言いたくなる。身分を教えてくれていたら、前もって心の準備も出来たしこんなに動揺することもなかったのだ。

聞いていたら聞いていたで、動揺して逃げたくなるには違いないだろうけれど。

考えているうちにも、侍女たちはエミリアの服をてきぱき脱がそうとしていた。

「あっ、待ってください、自分で脱ぎますから……」

恥ずかしくて、一人で服を脱ごうとするが侍女たちの押しは強い。

「私どもにお任せくださいませ」

二人がかりで脱がされ、浴場内に連れて行かれる。

人に身体を見られたことなんて、大人になってからは勿論ない。裸を見せる羞恥から、腕で身体を隠そうとするが二人は全くものともしなかった。全身を洗われ、湯船に浸《つ》かった後は身体を拭かれ、その次は磨《みが》かれる。

身体中に香油を塗り込められ、やっとドレスを着ることが許された。それは、美しい水色のドレスだった。今まで着ていた綿のものとは違い、シルクのつやつやとした感触がエミリアのボディラインを綺麗に表している。

胸元は大きめに開いていて、谷間がむっちりと覗《のぞ》いている。胸が大きめなことを気にしていたエミリアには少し恥ずかしい。そんなエミリアを見て、侍女たちは誉めそやした。

「とてもお似合いですわ。着心地は如何《いかが》でしょう？」

「それは、ドレスはとても素晴らしいけれど……少し、胸元が開きすぎじゃないかしら……」

「そんなことはございません。これは殿下自ら見立てたもので、お嬢さまにぴったり似合うよう誂《あつら》えてあります」

「え……？」

昨日再会したのは八年ぶりだというのに、いつこのドレスを用意する暇があったのだろう。もしドレスの用意はあったとしても、サイズが合わないかもしれないのに。この服は侍女の言う通りぴったりだった。

「さあ、次はメイクとヘアセットです」

ちらりと浮かんだ疑念は、ヘアメイクの為に追い立てられた鏡台の前で霧散《むさん》した。

鏡台には様々なメイク道具、小物たちが所せましと置かれている。興味はあるものの、ほとんど化粧をした事はなかったエミリアにはどれも新鮮だ。

いつか可愛《かわい》い小物入れが欲しいとぼんやり思っていたが、それ以上に豪奢《ごうしゃ》で繊細な細工のものがたくさんあって、エミリアは目を奪われた。その間にも、エミリアの背後に立った侍女は髪をセットし、てきぱきとメイクを施していく。

「あまり濃くせず、整える程度のお化粧にしておきました。髪はゆるく結《ゆ》ってあります」

合わせ鏡で後ろを見せてもらうと、優雅に結い上げてある。エミリアにはどうしてそうなっているのか、まるで分からなかった。

それに、メイクも整える程度と言われたがまるで普段の自分ではないようだ。ぱちぱちと瞬きして、鏡の中の人を見つめるが別人の、オトナの女性が映っていた。

現実味がないが、これは一生の思い出としてありがたく受け取るのが良いだろう。そう思って礼を言おうとすると、ベルベットの細長い小物入れを手渡された。蝶 番《ちょうつがい》で蓋《ふた》が閉じられている。

「殿下より、贈り物です」

「そんな、ドレスも頂いているのに……」

「開けて頂けますか？」

有無を言わさぬ調子の侍女に、少し気圧《けお》されながら蓋を開ける。中にはさらきらと光るネックレスとイヤリングがセットで収められていた。透明に光るそれは、どうやら高価な宝石のようだ。

「こんなものは受け取れません……」

値段を考えると恐ろしくなるようなアクセサリーなど、素直に貰えるわけがない。エミリアが宝石箱を持って固まっていると、侍女がすっとネックレスを手に取った。

「これを身に着けてお支度するよう、言い付かりました」

余計なことを言わずに黙って用意させろ、そう言っているように聞こえた。エミリアは抵抗をやめて黙った。

ペンダントのトップである大きな宝石がちょうど大きく開いた胸元に飾られ輝いている。更にイヤリングもつけられ、アップにされた髪型はこのアクセサリーたちを引き立てるように成されていたのかと目を瞠る思いだった。

「さあ、お待たせいたしました。それでは大広間にどうぞ」

大広間に連れて行かれるなんて、たくさんの人が居たらどうしよう。

離宮とはいえこの城内に誰かが居るのは当然だろう。その人たちに値踏みされたら、自分だけではなく父母やルーファスさえも評判を落とすのではないか。

今さらながらにそんなことに考えが及び、エミリアは緊張し始めた。でも、もうここまで来てしまったら逃げようがない。せめて背筋を伸ばし、失敗して嘲《あざけ》られないよう気をつけようと先導されるままについていく。

廊下に面する大きな扉には揃いの衣装を着た侍従が両脇に控え、エミリアを見て恭しく頭を下げてから扉を開けてくれる。中に居る人々を見て、エミリアは茫然として足が止まった。

確かに、たくさんの人がいる。しかし、それは全て楽団員であり、使用人たちであって、主《あるじ》として振る舞っているルーファスだけが席に着いていた。

エミリアを見ると、ルーファスは立ち上がり、ゆっくり近づいてくる。そしてごく当然のように手を差し出してエミリアが手を取るのを待った。

エミリアも、戸惑《とまど》いながらも彼の手を取る。

ルーファスは手の甲に唇を押しつけてにっこりとして言った。

「よく似合っている……本当に綺麗だ、エミリア」

「あの、ありがとう……」

エミリアにはそれを言うだけで精一杯だった。

最初は大広間の様子に驚いたが、正装したルーファスは目が釘付けになるほど美麗《びれい》だった。白の衣装に金の刺繍がされたものは、きっとルーファス以外の人が着るとおおよそ滑稽《こっけい》に見えることだろう。

エスコートし、テーブルに導きながらルーファスは囁いた。

「そのドレスは俺の瞳の色で、宝石は髪の色を現している」

「っ……」

それはまるで、エミリアはルーファスのものだと宣言しているかのようだった。どぎまぎとしてしまい、エミリアは何も言えない。

二人が席に着くと、熟練の給仕がワインの好みを聞き、料理の説明をしてくれる。

エミリアは全てルーファスにお任せし、ルーファスは適宜《てきぎ》給仕に指示をしながら快適な空間を作ってくれた。

楽団の演奏を聴きながら、美味しい夕食とワインを頂き、そして王子様であるルーファスが隣に居る。もうなんだか、エミリアはふわふわしてしまって、よく分からなくなってしまった。何を食べたかも覚えていないままに、食事は終わった。

「少し踊ろうか」

「踊りは……ちゃんとしたものは、したことがないの」

荘園で音楽に合わせて踊ったりしていたが、伝統的な庶民のダンスだ。正当な踊りを習ったことなどない。

エミリアは二の足を踏んだが、ルーファスは構わなかった。

「それでいいよ。俺に任せて」

二人はホールの真ん中に立ち、寄り添い合う。彼に密着してドキドキするが、それよりちゃんと踊れるのだろうかという緊張の方が打ち勝つ。

エミリアが真剣に踊ろうと集中していると、ルーファスはくすりと笑って言った。

「そんなに気を張ることはない。俺たちだけしか居ないのだから。もっと気楽に俺に頼って」

彼にとっては演奏している楽団や使用人たちは、居ないことになっているらしい。やはり貴人は召使いなど人の数に入れないのだろうかと、そんな認識の差を感じてしまう。

それでもダンスが始まり、腰を抱かれて胸がつくほど密着すると、エミリアはどぎまぎしか出来なかった。だが、ルーファスが楽団に合図して音楽が変わると、緊張は楽しさへと変わっていった。ルーファスについて行って、一緒に動いて回るのが楽しい。彼に任せていると、心配事などなくて安心出来るような気がする。

「上手いじゃないか」

「ふふ、それはルーファスのリードが上手だからよ」

くるくるとホールを回って一緒に踊ると、時間が経つのも忘れるほどだった。

彼と再会してから初めて心から笑い、楽しみ、そしてエミリアの息が切れてしまったのでダンスの時間は終了となった。

最後に一曲、ゆったりとした音楽に身を任せて二人はゆらゆらと密着しながら揺れていた。

「こんなに楽しい食事は、久しぶりだ。いや、初めてかもしれない」

「私もよ、ルーファス。今日は本当にありがとう」

彼は忙しいから、招待されたとはいえ明日からは顔を見られないかもしれない。それが当然の身分だ。

だから、今日のこの、二人だけの舞踏会を一生の思い出にし、絶対に忘れないでおこう。

そう心に刻んで、彼の温もりを甘受《かんじゅ》した。

ルーファスは、ほんの気まぐれでここに自分を呼んだだけだろうし、それに命の恩人だと思われているからお礼の一環なのだろう。

勘違いしてはいけない、エミリアはそう自身を戒《いまし》めた。やがて、宴は終焉《しゅうえん》を迎える。

「すまない、少し雑務があるんだ」

ルーファスがそう言って退室しようとする。エミリアは頷いて、彼を見送った。

「おやすみなさい。今日は本当に、ありがとう……」

「ああ、おやすみエミリア」

彼が大広間を後にしてから、エミリアも続いて退出する。与えられた部屋に戻ると、そこにも侍女が居てエミリアを待っていた。ドレスを脱がされ、髪を解《ほど》かれ、そして化粧を落とし入浴させられる。疲れ果てたエミリアはされるがままだった。

着せられたナイトウェアがやけに薄くフィットする生地で、胸も下着も透けて見えているのが気になったが、シルク素材の高級品はこんなものなのかとも思う。

ようやく寝室に案内され、侍女たちが出て行く段となった。彼女たちも遅くまで付き合わされ、大変な思いだったに違いない。

「今日はありがとう、ご苦労さま」

扉の前で頭を下げる彼女たちにそう声をかけると、少し驚いたように顔を上げたが、再び礼をして去っていった。

「ふぅ……」

バタンと扉が閉まった瞬間、思わずため息を吐いていた。

やっと一人になれたからだ。

今日は、本当に色んなことがあった。

朝早くに家を出て、国境を越えて城に来て、晩餐会《ばんさんかい》と舞踏会を二人きりでして……とにかく疲れてくたくただった。ベッドに横になるとすぐにでも寝入ってしまうことだろう。

ゆっくり休もうと、エミリアがベッドに入った時に扉は開いた。その人物は臆面《おくめん》もなく入室し、エミリアを見て声をかける。

「やあ、そのナイトドレスもよく似合っているよ」

「ルーファス！　どうして？」

エミリアはさっと胸元を上掛けで隠して彼を見つめた。一応、エミリアだって嫁入り前の娘だ。夜、寝室で男と二人きりになるというのはよろしくない。

「どうしても何も、ここは俺の部屋だ」

「えっ！　そうなの……？」

驚いて周囲を見回す。確かに、物凄く豪華な家具が揃った広い部屋とは感じていた。けれど、離宮全体が素晴らしい造りだったので、全ての部屋がこれくらいのものだと思い込んでいたのだ。

エミリアは慌てて口を開いた。

「ここで休むよう案内されたの。何か間違えてしまったみたい。すぐに移動するわ。支度をするから少し待ってもらえるかしら」

何か上に羽織るものを探して、部屋を教えてもらって動かなければ。そう思って言ったが、ルーファスは不敵な笑みを浮かべたままだった。

「間違いではないし、出て行く必要もない。俺の寝室に、君を招待したのだから。今日は俺たちの初夜だよ、エミリア」

「えっ……？」

聞き返さずにはいられなかった。

初夜だと、そう聞こえた。

けれど、結婚もしていないのに寝室を同じにするなんて、噂《うわさ》には聞いたことがある愛人とか、愛妾《あいしょう》とか、そんな立場のようなものではないか。

目を見開いてルーファスに視線を送る。彼が冗談か何か理由があって言ったのではないか、すぐにでも取り消してくれるのではないかと期待するが、ルーファスはつかつかと寄ってきて上着をばさりと脱いだ。

ベッドの上で固まったままでいると、ゆっくりと押し倒された。背につく柔らかな感触と、覆いかぶさって此方を見下ろすルーファスの顔が、やけに現実味がなくぼぉっと見つめ返す。でも、胸を覆うように握りしめていた上掛けを取り払われ、手首を摑まれるとこれは夢ではなく現実なのだと実感した。

「俺が送った手紙」

「え……」

「一年ほど前までは、順調にやり取りしていた。けれどここ最近では、ほとんど返ってこなかった。二通送って、一通返事があれば良い方だ」

「そ、それは……あっ、んっ……」

ルーファスが首筋に唇を這《は》わせ、耳たぶをかぷりと嚙んだので思わず声が出た。ぺろりと耳を舐められ、エミリアの身体は震える。

ルーファスは続けて囁いた。

「それは、婚約者候補の男と暮らすようになってからだろう。男に気遣ったか、もう俺を切り捨てようとしたか」

「き、切り捨てるだなんて、そんな……」

「俺に、結婚の話も男が家に来ていることも知らせなかったな」

「つ……」

「どうしてだ？」

だからそれは、まだ正式に何も決まっていないから。

ルーファスに告げてしまえば、それが決定事項になってしまいそうで、迷っている最中のエミリアには報告出来なかった。

でも、そんな風に言い訳する前に、エミリアは謝罪の言葉を口走っていた。

「ご、ごめんなさい……っ、私、言いたくなくて、それで……」

「手紙を送らなくなったのも、男のせいか」

「ごめんなさい、彼に色々聞かれると出し辛くなってしまって……本当は、もっと手紙を送りたかったのだけれど……」

「だが、出さなかった」

「ごめんなさい、許して……」

冷静に考えると、ルーファスにこんな風に謝ったり、ここまで言われる筋合いはない。

しかし、笑みも浮かべず怖い顔で糾弾するルーファスが怖かった。

いつもの優しい笑みで穏《おだ》やかに話してほしい。その一心で、エミリアはただ下手に出て謝罪をした。

その間にも、ルーファスの手はエミリアの腕を、肩を、頬を、髪を撫《な》でていく。腿《もも》の間に彼の膝を差し入れられ、足を開かされてしまったがエミリアには震えてじっとしていることしか出来ない。

ルーファスの手は動き続け、ついに胸を撫でた。薄い半透明の絹の牛地を、エミリアの胸の先端が押し上げていて彼の指が引っかかる。わざと指を一本ずつ引っかけるように動かした後、ルーファスは胸の先端を指できゅっと摘《つま》んだ。

「いやらしい身体だ。ここを、あの男にも触れさせたのか？」

「あぁっ、そんなことは……っ」

「どうなんだ」

胸の先端をねちっこく虐《いじ》められると、下腹部に熱が生まれて身体が熱い。けれど、足を閉じようにもルーファスの膝が差し入れられていて腰を揺らすことしか出来ない。

「そんなこと、してない……っ」

「ふっ……分かってはいたが、少し意地悪が過ぎたな。君が可愛いすぎるからだ、エミリア」

「っ……あの、やめて。どうして、こんなこと……」

一体、彼はどうしてしまったのだろう。まさかいつもこんなことをしているのだろうか、とか私にはこんな真似をしないでほしい、こんなことする人じゃないと思っていた、という思いが胸に渦巻《うずま》く。

だが、彼は一笑に付した。

「まさかやめるわけがない。今この時を、ずっと待ち望んでいたというのに」

「え……？」

ずっと待ち望んでいた。何を、どうして？

分からないことばかりで、彼の顔を見つめて答えを得られないか推《お》し量《はか》る。

ルーファスの瞳は冗談や気まぐれではないような、真摯ながらも底知れない光が浮かんでいた。

(怖い……っ)

思わず怯むエミリアに、ルーファスは囁いた。

「エミリア、君を俺の、俺だけの女にすることをずっと渇望《かつぼう》していた。君はこれから一生、俺の物だ」

どうしようもなく、怖かった。ルーファスのことは好きだし、仲良しだと思っていたし、親切にされて嬉しかった。

でも、こんな風に無理矢理身体を奪われそうになると恐ろしい。それに、今ここで彼の愛人にされてしまったらこの先どうなるのかという不安もある。

エミリアは手を突っぱねて抵抗した。

「い、いやっ！　やめてっ！」

だがすぐに手首を掴まれ、シーツに縫いとめられた。

「やめはしない。エミリア、もう逃げられないんだ。諦めろ」

そんな、嫌よ、そう言おうとした言葉は彼の唇に阻《はば》まれた。唇を奪われ、初めてのキスを無理矢理されている。

彼の唇の感触に身体は痺《しび》れたようになっていた。

だが、それだけでは終わらない。唇の間から彼の舌が侵入してくる。歯を食いしばり閉じていると、唇と歯の間に舌が差し挿《い》れられ、ゆっくりとなぞられた。

ぞくぞくとする快感に、身体はただ震えていた。必死で耐えるが、ルーファスは焦《あせ》る様子はなく唇を吸い、舌を這わせねっとりとしたキスを続けた。

もどかしいような快感に、下腹部が熱く濡れたのが分かった。

「あっ、やぁっ……んっ……」

思わず吐息と共に声を出してしまう。

その隙《すき》を逃さず、ルーファスの舌が咥内《こうない》に差し込まれた。すぐにそれは逃げ惑うエミリアの舌を捉《とら》え、舌の根元から先までを舐《な》め上げ、くすぐっている。快感と息苦しさとで、すぐにエミリアは音《ね》を上げた。

「はぁっ、はっ……もっ、やだぁっ」

「ほらエミリア、素直に舌を差しだすんだ。キスの仕方を教えてやろう」

荒い息の中、嫌がって横を向くエミリアにルーファスは容赦しない。再びキスを始め、咥内を舌でゆっくり愛撫《あいぶ》し続ける。

舌を絡められ、ぬるぬるとした刺激がどうしようもない快感になって、頭がぼーっとしてきた。キスが気持ち良いと、お腹の中が引き攣《つ》れたように感じるなんて初めて知った。それに関連して、足の間が濡れてしまうのも止まらない。

「んっ、んぅ……っ」

「もう蕩《とろ》けているようだな。ふふ、可愛いよエミリア」

唇をようやく離されて、はぁっと息を吐く。目を細めて此方《こちら》を見ているルーファスは、凄絶《せいぜつ》な色気を醸《かも》し出していた。そんな彼に可愛い、などと言われると羞恥が襲ってきた。恥ずかしくて、でも、彼に抵抗なんて出来ない。

このまま身体を許してはいけない、という気持ちはあった。心を奮《ふる》い立たせ、拒否の言葉を吐き出した。

「やっ、だめ、駄目なの」

「こんなに身体が色づいて俺を誘っているのに？」

そう言って、ルーファスはエミリアの胸の先端をナイトウェアごとぱくりと口に含んだ。薄い布地はなんの障害にもならない。そのまま吸われ、舌先で弾くよう愛撫されるとエミリアは面白いように感じ身体を跳ねさせた。

「あんっ！　あっ、いやぁ……っ」

背をしならせると、胸が突き出されてルーファスに差しだす形になってしまう。

ルーファスはそれを甘受し、ちゅぅっと口に含んでいた胸の尖《とが》りを吸った後、もう一方の胸を手の平で覆い、その柔らかさを味わった。やわやわと揉《も》んだ後、立ち上がっている突起を摘んで刺激しながら囁く。

「嫌ではないだろう。乳首がいやらしく突き出しているぞ。もっと触れられたいんだろう」

「あぅ……っ、そんな、ことは」

「それに、ここも……」

ルーファスの手が胸から腹、そして腿へと、つつっと下がっていく。そして内腿に触れてから、ゆっくりと上がってきて襞《ひだ》に触れた。

下着越しだが、その下着もナイトウェアと同じくシルクの薄いものだ。シルク一枚の薄布越しに、誰にも触れられたことのない其処《そこ》をルーファスが触っている。熱く潤《うるお》っている秘所を。

「濡れてる」

端的に指摘され、恥ずかしくて泣きそうになった。

「つ、いや、いや……っ」

涙目になって歯向かうが、弱々しい抵抗はルーファスを煽《あお》るだけだった。

「本当に、嫌か？　身体はこんなに喜んでいるのに」

割れ目に沿ってすりすりと撫でられていると、上部の方、敏感な尖りにも触れられた。

その瞬間、エミリアの身体はびくりと反応してしまった。

「あっ！」

「ここが良いんだな」

確認するかのように、押しながら撫で擦られ、身体がひくひくと動く。その突起を弄《いじ》られる度に、今まで経験したことのないような快感が身体中に巡《めぐ》っていた。

快感に身を委《ゆだ》ねるのが嫌で、エミリアは歯を食いしばった。

「そこ、触らないでっ」

「慣らさなければ身体が辛くなる。それに、時間はある。ゆっくり感じさせて、蕩けさせてやろう」

そう言うなり、ルーファスはエミリアの下着をするりと足から引き抜いてしまった。

「あっ、そんな、直接……っ、あぁんっ」

襞の間の一番敏感な突起をルーファスの手は容赦なく愛撫し始めた。

「よく濡れている。どこもびしょびしょだ」

エミリアにはそれが正常なのか異常なのかは分からない。

ただ、物凄く恥ずかしいことになっているのは実感出来た。嫌がって身体を揺らすその度に、敏感な尖りを濡れた指でぬるぬると擦られ押された。どう触れられても、感じてびくび

くと身体が動いてしまう。

「あっ、そこ、やだぁっ！　あっ、あぁっ」

「こんなに感じているのに強情だな。だが、それすらも愛《いと》おしい」

含み笑いで囁かれ、ルーファスは愛撫の手を止めない。ぬるつく指の腹で柔らかく触れるだけの愛撫をしていたと思えば、花芯《かしん》を指できゅっと摘んで強い刺激を与えたりする。

その度に、エミリアは腰を揺らしたり身体をびくりと反応させたり、素直に応えてしまっていた。

やがて、エミリアの快感が体内で渦巻き、高まってきた。エミリアにはそれが何か分からないが、必死に抗《あらが》おうと耐える。けれど足先に力は入り、膝が開いて腰が浮いている。ルーファスにはそれが何を表しているか、一目瞭然《いちもくりょうぜん》だったようだ。欲望に光る眼差《まなざ》しをエミリアに注ぐ。エミリアは感じ、蜜を垂らしながら懇願した。

「ふぁっ、あっ、やぁっ……！　もっ、やめて、お願いルーファス……っ」

「……一度、楽にしてやろう。身体に覚えさせてやる」

そう言うと片手の人差し指と薬指で器用に襞《ひだ》を割り開いた。いつもは慎ましく隠れている突起を剝《む》き出しにしたのだ。敏感な尖りは充血して赤く色付き、そして快感に肥大していた。

その尖りの包皮《ほうひ》を器用に剝くと、敏感すぎる真珠の姿が現れた。

陰核《いんかく》が空気に触れただけでも、エミリアは感じてとろとろと蜜を溢れさせる。そして、もしここに直接触れられたら感じすぎてどうにかなるのではないかと、恐怖に脅《おび》えた。

「ま、待って、ルーファス」

「君に名を呼ばれるのは心地好い。感じながら、もっと俺の名を呼んでくれ」

そう言ってルーファスは遠慮なく陰核に触れ始めた。濡れた中指の腹でぬるぬると擦られると、少しの刺激でも身体が跳ねて声が出る。

「あっ、ああっ！　あぁんっ」

「俺の名を呼べ、エミリア」

「ルーファス、ああっ、も……っ！」

ルーファスが再び胸に口付け、胸の先端を舌先でつつきながら陰核を指で捏《こ》ねている。

二つの刺激に、体内に渦巻いていた快感が外側に向かってきた。もう、爆発してしまいそうだ。

「ひぁっ、あぅっ、あーっ！」

言葉にならない喘《あえ》ぎを連ねながら、背を反《そ》らし腰をがくがくと上げる。その時、ルーファスがかぷりと軽く胸の先端を噛んだ。陰核の中心部をくりくりと強く押す指も止まらない。

エミリアの快感は絶頂へと導かれた。

「ひっ、ひぁぁぁぁんっ！」

達した後は、脱力してくったりとベッドに沈むしかなかった。身体の力が入らない。息が荒いまま横たわっていると、ルーファスの唇が胸から離れ、指も秘所から離してくれた。

やっと終わったのかと、エミリアはほっとした。しかしルーファスは衣擦《きぬず》れの音と共に身体を移動させている。ふっとエミリアが顔を上げると、彼は足の間に居た。それだけではない。エミリアの秘所に顔を近付けている。

「だっ、だめっ！」

咄嗟《とっさ》に彼の頭に手を突っぱねようとしたが、手首を持って避けられる。

そして、ルーファスはエミリアの其処《そこ》に口付けを始めた。蜜口《みつぐち》の入口を舌先でつつき、浅い所を出し挿れしている。それは不思議な感覚だった。今まで何も挿れられたことのない箇所を、柔らかく抉《えぐ》られている。

「あっ、はぁっ……んっ」

痛みは無いが、先ほどとは違い快感も特には無い。よく分からない、不思議としか言いようのない愛撫にエミリアは戸惑った。

じゅぽっ、じゅるっと耳を塞《ふさ》ぎたくなるような水音が鳴っている。しばらく蜜を味わっていたルーファスが顔を上げて言う。

「やはり、此処だな」

そう言ってから、ルーファスは秘所を下から上に舐め上げた。其処には当然、先ほど散々虐《いじ》められ感じすぎた敏感な尖りがある。舌に突起が触れた瞬間、エミリアは声にならない悲鳴をあげて腰を引こうとした。

「ひゃぁうっ」

「逃げるな」

がっと腰を引き戻され、そして両手で襞を割り開かれる。剝き出しになった尖りを、ルーファスの舌が遠慮なく攻め始めた。

舌の平らな部分で全体的に優しくゆるゆると舐め回したかと思うと、舌先で弾くようにぴんと立った陰核を刺激する。さっきイったばかりで敏感な身体は、陸に揚げられた魚のように跳ねて反応するしかない。

「ひっ、やぁぁっ！　ひぁっ、んっ……」

その快感に身体は騙《だま》され、ルーファスの指が中に挿れられた痛みには全く気付かなかった。

ふと気が付いた時には、彼の指に中を犯されながら敏感な尖りを舐《ねぶ》られていた。

「はっ、はぁっ、あっ、そんな……指、抜いてぇっ」

「言っただろう、慣らさなければ痛みで辛いと。それより感じる箇所を教えろ」

「わ、分からないわ、そんなの」

ルーファスの指が中をぐちゃぐちゃとかき回している。その水音は聞くに堪《た》えず、エミリアは耳を塞ぎたかった。だがルーファスは中を探り、エミリアに更なる快楽を教え込もうとしている。中をどう触られてもよく分からないし、黙っておこうとしたが身体は正直だった。

ルーファスの指がある一点、尖りの裏側に当たる中の肉壁に触れるとエミリアの身体はびくりと跳ねた。

「ぁんっ」

「ここか」

ルーファスはその周辺を丹念に探り、エミリアが一番感じる場所を探っていく。中のそのスポットを、ルーファスは見逃すことなく探り当てた。そこを指の腹でゆっくり擦られると、先ほどとはまた違う快感がエミリアを襲う。

さっきの外側の刺激は、急上昇するような鋭い快感だった。今は、じんわり痺れるような、ゆったりとした快感で延々と感じ続けられるようなものだ。

「あっ、いやっ、んぁぁっ！　やめてぇっ」

「素直に感じろ。もう、指が二本入っているぞ」

二本の指でかき回されると、いやらしい水音がぐっちょぐっちょと部屋に響く。エミリアは嫌がって腰を揺らし、指の動きを止めようと中を締めつけたがそれは快感を増すだけだった。

「ふぁっ、あっ！　やだぁ、っゆび、抜いてぇ……っ」

「俺を受け入れるんだ、エミリア」

「る、ルーファス……」

どうしてこんなに美しく身分の高い人が、己に受け入れてほしいと無理強いするのだろう。

エミリアは不思議に思ったが、次の瞬間疑問は吹き飛んだ。ルーファスが再び秘所に口付けを始めたのだ。

「ああぁっ！　同時は、だめぇっ……！」

中の感じる場所を指で擦りながら、敏感な尖りに舌を這わせる。そのうち、尖りをぱくりと唇で挟みちろちろと舌で舐めたりちゅうっと吸ったりし始めた。

エミリアの腰が再びがくがく動き出した。また、さっきみたいになってしまう。もう、ダメ……。

そう思った瞬間、ルーファスが陰核をかぷりと甘く噛んだ。ごく優しい、痛くない甘噛みは、エミリアの身体に雷撃に打たれたような刺激を与えた。

「あっ！　ひぁあっ、あーーーーっ！」

そのまま中の指も動かし続けている。エミリアは目の前も頭の中も真っ白になり、身体をがくがく揺らしながら達してしまった。

その絶頂は深く長く、ルーファスが動かしていた中の指をぎゅうぎゅう締めつけてしまった。それと同時に、愛液《あいえき》が飛び散る。ルーファスが指を止めても、とろとろと零《こぼ》れ出るほどだった。シーツもぐっしょりと濡れて冷たい。

それを恥ずかしいと思う余裕もなく、エミリアは達した硬直の後、その濡れたシーツに沈み込んだ。

はあはあと荒い息のエミリアは、目を瞑《つぶ》って呼吸を整えようとする。ルーファスが身体を離し、ベッドから降りた気配があったのでじっと回復を待とうとしたのだ。

だが再び目を開けた時には、ルーファスは服を脱ぎ一糸まとわぬ姿になっていた。

ルーファスは美しい顔立ちに見合う均整のとれた体格だった。だた、それに猛烈《もうれつ》な違和感を放っているのが起立した雄だった。

優美な印象に似合わず、猛々《たけだけ》しいほど大きく勃《た》ち上がったルーファス自身を目にしてエミリアは脅えた。それは、処女の本能的な脅えだった。

力が入らない身体を懸命に起こし、逃げようとするがルーファスはそれを許さない。あっさりとエミリアを組み伏せ、足の間に身体を割り入れてしまった。

エミリアは何度目かも分からない懇願を再び試みた。

「ルーファス、お願い……もうやめて」

「それは無理だ。俺のがこんなになっているのが見えるだろう。既に我慢の限界で、さっきから君を犯したくて堪《たま》らない。これ以上焦《じ》らすと、うんと酷くしてしまうがそれで良いのか？」

それを聞いてエミリアは更に脅え、震えながら涙を浮かべた。

「どうしてこんなこと……私は嫌なのにやめてくれないの？」

「ああ、可愛いよエミリア。これ以上煽ったら歯止めが利かない」

会話が噛み合っていないことに、エミリアは絶望した。首を横に振ってなんとか拒絶の意思を示そうとする。

「嫌、いやよ、こんなの……」

「君が嫌がっても、俺は君を欲しい。今すぐに」

そう言ってルーファスは自身の先端を蜜口に宛《あて》がった。ぐっと彼が腰を進めると、亀頭《きとう》の部分が押し込まれた。更に侵入してこようとする雄に、エミリアは手を突っぱね抵抗しようとする。

「やめてっ、挿れないで、お願いっ！　抜いて、抜いてよぉっ」

「そうやって抵抗しても、俺を興奮させるだけだ」

ルーファスはそう言うと、エミリアの手首を片手で掴んで一まとめにし、頭上に縫いとめた。空いているもう片方の手はエミリアの秘所へ触れる。そして快楽を司る敏感な尖りへの愛撫を始めた。

「あっ、ひぃんっ……そこは、触らないで……っ」

深い絶頂を味わわされたばかりなのに、陰核に触れられると痛いほど気持ち良い。またとろとろと蜜が溢れ出る。それを潤滑油にするように、ルーファスの雄が侵入してきた。

挿れられる痛みはあるのに、快楽が勝ってしまう。

ルーファスの大きな肉棒がエミリアの中の肉壁をかき分けて押し挿《い》ってくる。その事実にぞくぞくとしながらも、エミリアは腰をくねらせ最後の抵抗をした。

「いやっ、いやぁ……っ」

「はぁっ、エミリア……そんなに締めつけるな」

容赦なく侵入してくる雄に、エミリアは中を締めて道を阻もうとする。しかし、それは男を気持ち良くさせるだけだった。

やがて、勢いよく突き上げた肉棒がエミリアの処女膜を突き破り、奥まで入ってきた。

「あ……あぁ……っ」

「分かるか、エミリア。最後まで入った。もう俺のものだ」

彼の骨盤が自分のものとぴったり合わさっている。

犯されてしまった。

最後までされてしまったという絶望と、これからの不安でエミリアの心が暗くなる。

しかし、ルーファスが抱きしめてキスを始めたら、エミリアの中は快感を喜び肉棒を締めつけ蠢《うごめ》いた。

(どうして?)

それはエミリアの意思ではない筈なのに、ルーファスが舌を差し挿れて絡め合わせると、気持ちが良くなって勝手に中の淫《みだ》らな肉筒《にくつつ》が動いてしまう。きゅうきゅうと肉棒に纏わりついて更に奥に取り込もうとしている。

ルーファスにもそれは当然分かるようで、彼はゆっくりと腰を動かし始めた。

「んっ、んぅっ！　んーっ」

上も下も犯されている。

嫌で止めてほしい筈なのに、それはエミリアにどうしようもない快楽をもたらした。

ルーファスがキスを止めて唇を離した時には、それを寂しく思うほどだった。心と身体がバラバラで、どうして良いか分からない。

ルーファスはエミリアの頬を撫で、顔を見つめながら囁いた。

「ああ、本当に可愛い。それに、やっと君が俺のものになった。はぁっ……どれだけこの日を夢見たことか」

「え……？」

ルーファスの言葉を聞くと、エミリアを渇望しやっと手に入れた、と言っているように思える。確かに手紙のやり取りはしたが、ルーファスにそんな思い詰めたものは感じなかった……。

エミリアの回想はそこまでだった。ルーファスが胸を愛撫をしながら腰を動かし始めたからだ。

「口付けをしながら愛し合うのも良いが、君の反応も見ていたい。感じて啼《な》くところを見せて」

そう言って、胸の柔らかいところをやわやわと揉みながら乳首を指に挟んできゅっと刺激する。胸の先端を摘んで弄られると、下腹部が直接反応してルーファス自身を締めつけてしまった。

それを利用するように、ルーファスは肉棒の先端部分でエミリアの中の良いところをゆっくり擦り始めた。

「あっ、ひぁっ！　あぁっ、それ、いやぁっ」

気持ちが良すぎて、目尻に涙が滲《にじ》む。痛みはあるが、それ以上に快感が勝っていた。ルーファスはエミリアが感じるよう、痛くないよう慎重に動いているのだ。こんなことは嫌な筈なのに、身体は快楽に従っていた。

中の一番感じるところは、さっき指で擦られて深い絶頂に導かれたばかりだ。そこを亀頭でごりごりと擦られると、また頭が真っ白になる快楽に襲われる。

腰を揺らし、胸を突き出し感じてしまうエミリアを、ルーファスは堪《こら》えきれないといった笑みで見下ろしていた。

「やっ、やだぁっ、やなのに……っ！　あぁぁん……っ！」

エミリアは感じて、腰を揺らし涙を浮かべ嫌がっている。その媚態《びたい》はどうしようもなくルーファスを煽った。

「もう限界だ。エミリア、行くよ」

ルーファスは彼女を抱きしめ、奥まで挿れると腰を回すように動かした。

「あぁんっ！　あっ、んぁぁ……っ」

密着しているので、尖りの包皮が捲《めく》り上げられ陰核が刺激される。外と中の両方の快楽に、エミリアはまた絶頂へと押し上げられていった。

「エミリア、愛している」

そう言ってルーファスはエミリアの耳たぶを甘噛みした。もうどれが引き金になったかは分からない。

「あっ、あーっ！　あぁぁあっ！」

目の前も、頭の中も真っ白になって快感が弾けていく。エミリアはルーファス自身を締めつけながら達すると、絶頂の中、意識も白くなっていったのだった。


「はぁっ、エミリア……キツすぎる……っ」

エミリアの中は複雑に収縮し、肉棒を締めつけてくる。奥に引き込もうと絡みつくその快楽に逆らわず、ルーファスは猛烈に突き上げ始めた。最奥《さいおう》まで雄を突き立て、思う様にエミリアを犯す。その満足感、視界に入るエミリアの痴態、そして直接的な快感。

全てが合わさって、ルーファスを限界へと導いた。

「くっ……エミリア……っ！」

我慢していた快楽を、全て中に放つ。最奥にぐうっと押し込みながら、ルーファスは白い欲望を吐き出した。

深く長い快感に眩暈《めまい》がしそうだった。倒れ込みそうになるのを堪え、はぁっと息を吐いてからエミリアに軽く口付ける。

「可愛いエミリア、痛くはないか？　喉も渇いただろう、何か飲むと良い」

「…………」

エミリアの返事はなかった。気絶するように眠っていたからだ。頬を撫でてもずるりと自身を引き抜いても無反応だ。

無理もない、朝から長旅の後、気遣いの多い晩餐会をすごし更に無理矢理抱かれたのだ。

ルーファスはエミリアの寝顔を見ながら、まあいいと独りごちる。

もう手の中に入れたのだ。あとは逃がさないようずっと手元に置くだけ。時間はある、これからもっと可愛がってやろう。

本当は一回では足りないが、ルーファスは今日のところは許してやることにした。これからは、共に過ごしていくことになるのだから。

エミリアが目覚めると、ルーファスの姿はなかった。裸だが上掛けを掛けて眠っていたので、彼が掛けてくれたのかと思う。

サイドボードには身体を拭いた後のタオルが置いてある。見れば、身体がべたついておらず清潔になっている。これもルーファスがしてくれたのだろうか。

王子という身分の人に申し訳ないな、と考えてから、そもそもその原因を作ったのはルーファスだと思いあたる。

酷いことをされたのだ。取り返しのつかないことをされてしまった。

とにかく、着替えて誰かに会わないと。そう思って起き上がると、中から昨日の残滓《ざんし》がとろとろと出てきた。ルーファスの放った欲望が、腿を伝って零れている。

「っ……」

それを見て、これからの不安や様々な想いがない交ぜになって涙が零れた。

(ルーファス、どうして……)

でも、彼を憎んだり、嫌いだったりするわけではない。未婚女性として一番大事なものを奪われた筈なのに、どうしてこんな風に思えるのか不思議だった。

「エミリアさま、お茶は如何《いかが》でしょう」

「先ほども頂いたばかりなので、今は要らないわ……」

「それでは退屈しのぎにゲームや本は如何でしょう。遊戯室では様々なボードゲームの盤上遊戯や、簡単な球技などで遊べるようになっています」

「そうね……」

「図書室もございます。様々な種類の本の用意がございます。見聞を広めるのにぴったりです」

「……………」

この離宮では、何もかもが至《いた》れり尽くせりだった。

食事の度にメニューを尋《たず》ねられ、完全な給仕をされる。他の時間でも何でも希望が通る。

家に帰りたい、という願い以外は。

外出は、ルーファスと護衛と一緒なら良いと言われたが、まだその機会はなかった。


エミリアがこの離宮にやってきてから、五日ほどが経っていた。

ルーファスは忙しいようで、ごく短い時間食事やお茶を共にする時にだけ会えるが、それ以外は離宮に居ない。

忙しい中、エミリアの顔を見る為に来てくれるのは嬉しいが、話す機会はあまりなかった。

『家に帰りたいの、帰してほしいの』

そう申し出たエミリアだったが、ルーファスは首を横に振った。

『今は駄目だ、事情があってそれは出来ない。今度時間がある時に、ゆっくり説明する』

そう言われてしまうと、しつこくは尋ねられない。踏み込んだ会話は出来ずに、今日は何をしたとか今まであった他愛のない話などをすることになる。

あんなことをされた相手に我ながら信じられないが、それはそれで楽しかった。

ルーファスはエミリアを気遣ってくれ、不快な目に遭《あ》わさないよう心を砕いてくれていたし、それは侍女や使用人たちの態度となって現れる。誰もがエミリアを下にも置かない扱《あつか》いで丁重に仕えてくれていた。

けれど、思い返してみると、今までのルーファスの言動に疑問や不安を抱いたことは何度かある筈《はず》なのだ。エミリアには、それのどこがどうおかしいかという言語化が出来ない。もどかしいのだが、不審な点はある筈なのに上手く整理出来ないのだ。

今はその不審なところに目を向けないで、空々《そらぞら》しい穏《おだ》やかな時間を楽しんでいるに過ぎない。それはなんだか、薄氷《はくひょう》の上を渡るようなじわじわとした不安に苛《さいな》まれるようだった。

でも、説明はまた今度という忙しい相手に無理矢理今すぐ話せと迫ったところで、きちんと教えてもらえはしないだろう。とにかく、ルーファスの時間が出来た時に話を聞くしかないと己に言い聞かせる。不安に負けないよう心を強く持ち続けて。

「エミリアさま、それでは中庭を散策されるのは如何でしょう。季節の花が咲いておりますし、東屋《あずまや》で外の空気に触れるのもよろしいのでは」

「え、あ……そう、ね……」

物思いに耽《ふけ》っていると、新しい提案を侍女がしてくれた。

確かに天気は良いし散歩も良いだろうが、それをすると侍女や騎士がぞろぞろとついてきて、護衛だなんだと世話を焼かれることになってしまう。一人で大丈夫だと言っても、そういうわけにはいかないと困らせるだけだった。

この離宮という別世界ではそういうものなのだと思ってエミリアは諦《あきら》めていた。部屋から出て散歩はしたいが、やはり仰々《ぎょうぎょう》しいのは苦手だ。エミリアは首を横に振った。

「今日は、離宮の中を見て回りたいわ。一人で大丈夫よ」

この離宮の中は好きに見て回っていいと、ルーファスに許しを得ていた。

『まあ見られて少し困るようなものもあるが……何処に行ってはいけないと禁止するつもりはない。この離宮の中は好きに見て回っても良いよ』

その旨はこの離宮に勤める人たちにも伝わっている筈だ。エミリアはそう思って言ったが、侍女は首を横に振った。

「申し訳ございませんが……エミリアさまを一人にするわけには参りません。どうかお供させてくださいませ」

「ええ……」

そう言われると、どうしても一人になりたいと言い張るわけにもいかない。エミリアは離宮の中を案内され、豪華な部屋の数々を見せられた。

その中でエミリアが一番興味を引かれたのは、最上部にある展望台だった。ドーム上の屋根の下から、周囲の景色が見渡せる。高さがあるので、城内の建物は勿論《もちろん》、城壁の向こうも見える。

（あっちがエルトワ王国……荘園の方角だわ）

勿論、我が家が見えるわけではない。山々に阻《はば》まれ、祖国は何も見えない。しかし、その方向を見ているというだけでも望郷の心は騒ぎ、エミリアをざわつかせた。

やはり、帰りたい。

早くルーファスと話をして、帰らせてもらうようにしよう。この立場もよく分からない、宙ぶらりんな状況はいくら皆に大切にされても心苦しかった。

エミリアの焦《あせ》りのようなものを見てか、侍女が声をかける。

「エミリアさま、風が冷たくお身体が冷えるでしょう。そろそろお戻りになられては」

「……ええ、そうね」

こんなに気遣われ、申し訳ないとさえ思う。

王城で勤めるような人は出自が正しく優秀で、身分もあるのが常だと聞く。きっと侍女や侍従の人たちもエミリアより高位な家柄の出身だろう。

自分で言うのもなんだが、こんな他国の田舎娘に傅《かしず》くのは皆、心中嫌なのではないだろうか。けれど彼女たちは、内心どう思っているのかを態度としては一切見せず、礼儀正しい。教育が行き届いているのは、ルーファスの威光がしっかりとしたものだからだろう。

そんなことを思い、素直に展望台から降りる。侍女たちに手間をかけさせるのは申し訳ないと、エミリアは部屋で休むことにした。

「もういいわ、どうもありがとう」

「いえ、そのような……お礼を言われるようなことは何も……」

恐らく二十代から三十代の、いつも有能でしっかりした侍女の女性たちは、皆一様にエミリアがお礼を言うと動揺したり口を濁《にご》したり、顔を見合わせてから頭を下げたりする。

数日過ごしていると、侍女の中でもよく傍《そば》についてくれる人のことは覚える。

今日の世話係であるホリーも、そうだった。エミリアがお礼を言うと居心地が悪そうな顔になっている。彼女が微笑んだり、気安く話すことは未だ一度もなかった。

此処《ここ》での常識では、何も言わずにごく当然のように奉仕を受けるのが常のようだ。けれど、エミリアにはそれはあまりにも心苦しい。

この離宮での暮らしは、やはり自分には合わないのだろう。ため息をついて、手持無沙汰で部屋に居て周囲を見回す。ふと、この部屋の続き部屋には行っていないことを思い出した。

エミリアに与えられている主寝室は、元はルーファスの部屋と聞いていた。しかし今は、深夜のごく短い時間に少し横になる程度ですぐ何処《どこ》かに行ってしまう。

以前の初夜から今日まで、さすがにエミリアを抱くことはなかったが、寝る間も惜しんで何処かで忙しくしていることは確かだった。

その彼の主寝室の続き部屋には洗面所とバストイレが備え付けられているが、その更に奥に扉があって部屋があるようだ。ひょっとすると、ルーファスの私室かもしれない。普段のエミリアなら人の部屋に勝手に入るなど躊躇《ちゅうちょ》するが、何処を見ても良いとは許されている。ルーファスのことを知りたい、彼が何故《なぜ》思い詰めていて何を考えているか手がかりになるかもしれない、という気持ちを抑えられなかった。

何も悪いことをしているわけではない、ただ寝ている部屋に繋がっている部屋を確認しておくだけだ、と己に言い聞かせ洗面所へと移動する。

洗面所の奥のドアノブに手をかけると、あっさりと扉は開いた。

扉の向こう側は書斎だった。

整然としたデスクと椅子、それにソファセットだ。特筆すべきものは何も置いていない。しかし更に扉がある。エミリアは書斎を突っ切り、その扉も開けてみた。

奥の部屋は、突き当りの小部屋のようだった。少し淀《よど》んだ空気だが、換気はされているようで埃《ほこり》も溜まっていない。

先ほどの書斎よりは雑然と、書類や色んな物が机の上に置かれている。この離宮の中で一番、人の気配を感じる部屋だ。

部屋の主はきっとルーファスだろう。そう思いながら机の横の壁に、やけに立派な額が飾ってあるのを覗き込む。小ぶりの豪華な額には、それには不釣り合いな一輪のスミレの押し花が飾ってあった。

スミレの可憐《かれん》な姿を見ると、以前、ルーファスに押し花を送ろうとしたことを思い出す。一番出来が良いものを選ぶため、その辺りに生えていた花々を狩り尽くす勢いで摘《つ》んで片っ端から押し花にしたのだった。結局、どの花を送ったかは何年も前のことで覚えていないが……。

それから机の上に目を移した。様々な書類や冊子、書簡が積まれている。その内容まで見るのは悪いと目を逸《そ》らすが、どうしても一番上に置いてあって隠されていないものの文字は目に入る。そこには、近々行われる立太子の儀についての詳細が書かれていた。

(立太子の儀……それなら、王太子であるルーファスのことよね)

そんな儀式が直近にあるなら、それは忙しい筈だ。エミリアは納得したが、それを直接彼から聞かずに知ってしまったことが少々後ろめたい。その書類にはあえて焦点を合わさず机の上を見ると、なんだか見覚えのある便箋《びんせん》の縁が見えた。

おや、と思って上に積み上げてあるものを退かして見ると、それはエミリアが送った手紙だった。どうりで見覚えのある便箋の筈だ。

そこにはありし日のエミリアの日常や荘園のことなんかが書かれてあった。三年か四年ほど前の手紙だ。読み返すと懐かしい。

（まだ、持っていてくれたんだわ……）

確か、エミリアも箱に入れて自室の戸棚の奥かどこかにしまってある筈だが、日常的に使う机の上になんかは置いていない。

ひょっとして、他の手紙もその辺りにあるんじゃないかと好奇心のままに机の上を探してみると、たくさんの手紙が出てきた。こんなにたくさん文通していたのか、という気持ちと大切にしてもらって嬉しいようなくすぐったい気持ちになる。

しかし、その温かな気持ちもそれまでだった。好奇心に唆《そそのか》され、隣の戸棚に置いてあった小箱を手に取ったエミリアは、それを見てゾッとした。中には、包帯が大切にしまわれていた。正確には、遥《はる》か以前にエミリアがルーファスに巻いた薄汚れた包帯だ。

エミリアはそれを巻いたことも、今まで忘れていた。

しかし幼いエミリアの字で『早く良くなりますように』と書かれていては思い出さずにいられない。わざわざ、こんなものを小箱にまで入れて保管する必要はあるのだろうか。

エミリアはドキドキしながら、引き出しを開けてみた。そこにも手紙が入っていて、何気なく見るとエミリアの文字で
『今日は押し花を送るね。いっぱい作ったけど、一番きれいに出来たのはスミレだったよ』

と書いてある。とすれば、額に飾られている押し花もエミリアが送ったものだろう。

（どうしてここまで……）

ただ助けられただけにしては、大袈裟《おおげさ》というか偏執的《へんしつてき》な気さえする。

エミリアは戸惑いながら、その隣の引き出しも開けてみた。そこには、二つ折りの皮の台紙が置かれていた。鞣《なめ》した皮の、やけに重厚な飾りのある台紙だ。

エミリアの心のどこかで（これは見てはいけない）と警告する声がする。平穏のまま、事実を見て見ぬふりをするにはそれがいいだろう。

しかし、エミリアは今までに感じたルーファスへの違和感を明確にしたいという思いで、震える手で台紙を開けてみた。

それは、肖像画だった。

つい最近の、エミリアの肖像画。この服は先月におろしたばかりだからそれは確かだ。

思い返してみると、先月、旅の絵師と名乗る人物が一夜の宿を求めてきたことがあった。先に金も払うし、どうか休ませてほしいと頼まれ、父は了承したのだった。その代償に、家族の肖像を描きましょうかと簡単な似顔絵のようなものを描いてくれたのを思い出す。

さらさらと軽いタッチで素早く描いたのに、素晴らしい出来で特に母が喜んだものだ。

その絵描きは練習と称して、エミリアをモデルにラフな下書きもしていた。椅子に座ったままのポーズを頼まれ、その時の恰好と同じものがこの肖像画のようだ。

つまり、絵師はその後ルーファスの許に行って絵を売った……これは、絵師は先にルーフアスに頼まれ、そしてエミリアの家に潜入したと考えるのが普通だろう。

一体、どうして。ルーファスの何がそこまで駆り立てるのか。

エミリアはぞっとして、震《ふる》える手でぱたんと台紙を閉じて元の場所にしまった。

ルーファスは、どこかおかしい。

でも、何が普通でどれが普通ではないのか、エミリアにはきっちりと線引きすることが出来ない。ルーファスに指摘することも出来ず、エミリアはその場を追い立てられるように去ったのだった。


「今晩はもう出掛けることもない。久々にゆっくり出来る」

夕食の際にルーファスがそう言ったことに、エミリアはぴくりと反応した。

先ほどから気詰まりな食事会だった。エミリアは後ろめたさと不信感から彼の顔を見られず、会話も弾まない。

ちゃんと話をして、帰りたいと伝えたいがそれを許してもらえるのか、不安でいっぱいだ。

先日、無理矢理抱かれた件は、帰してくれるならもう不問にしようと思っていた。王子という身分の人に求められたのだ。自分には縁のない世界だが、此処ではこういうものなのかもしれない。

「……ええ。では、お話をしたいです」

「では後程《のちほど》、寝室で」

含みを持って言われたようで、エミリアの胸がどきりと跳ねる。

あれ以来、そういう触れ合いはなかったが、彼はそのつもりなのかもしれない。

でも、エミリアの心は以前とは違う。きちんと話を聞いて、自分の意見も主張して、彼の気まぐれにこれ以上は付き合えないと、そう言おうと決心している。

来たばかりの時は、何がどうなっているのかも分からず彼の言いなりになってしまった。

恐らくだが、彼はこれから国を背負って立つという立場上、清く正しく生きなければならないのではないだろうか。だから立太子の儀の前、最後にハメをはずすとしたら今のタイミングでしかないのでは？

エミリアはそんな疑いを抱いていた。

立太子となれば、人の目も厳しくなって王妃となる人の選出もしなければいけないだろう。いや、もう決まっているかもしれない。だが、今ならまだ遊ぶ余裕もあるだろう。それまでのお遊びの相手に、後腐れない他国出身の自分が選ばれてしまったのではないかと、そう推測したのだ。

きっと、ルーファスはなんらかの執着《しゅうちゃく》をエミリアに抱いている。助けられた幼少期の思い出は美化され、大人になった今、エミリアを手元に留めることで満足しているのではないか。

でも、あの時とは違うのだ。少女が少年を助け、献身的に看病しただけで終わった当時とは違う。

エミリアにだって家を継がなければいけないという使命がある。ルーファスがいくら王子で後々国を背負う尊い御方だとしても、全て彼の言いなりにはなれない。

心を強く持とう。

そう思いながらエミリアは日課の湯浴《ゆあ》みとマッサージを侍女たちに施《ほどこ》され、寝室で彼を待った。

ほどなくして、ルーファスがやってきた。彼も入浴を済ませたようで、髪がまだ少し濡れていて、そして部屋着であろうガウンを纏《まと》っている。

いつもと違う、寛《くつろ》いだ恰好を見るとエミリアの心臓がどきりと音を立てた。また違う一面を見せられたら、それだけ彼が魅力的に映ってしまう。

「ようやく、ここで君とゆっくり出来る。なかなか儘《まま》ならぬものだよ、せっかくエミリアが傍《そば》に居てくれるのに」

こんなに身分も地位もあって、美しい人が自分を求め優しい言葉をかけてくれる。

それは確かに嬉しいし、エミリアはさっきの決心もどこへやら、頷《うなず》きそうになってしまう。

しかし、心をしっかり持たなければ、今の宙ぶらりんのままの状態が続いてしまうだろう。

エミリアは首を横に振った。

「ルーファス、でも……」

「そうだな、ちゃんと説明をしなければ。いきなり連れてこられ、何も話していなかったからエミリアが不安に思うのも無理はない。だが、君を連れてくるタイミングは今しかなかったし、一度俺の手中にしたものは手放すことは出来ない。今はまだ、君を外出させることも出来ない」

「それは、どうして？」

「それは、君の命が狙われるからだよ、エミリア。暗殺の恐れがあるから、一人で外出をさせることも、帰宅させることも出来ない」

「え……」

暗殺、命を狙われる……。

およそ平和な世界でのんびり生きていて、危険といえば森の蛇《へび》くらいだったエミリアにしては現実味のない言葉だった。

一体どうして、そうなったのか。

「最初から説明しよう。さあ、ベッドに入って」

当然のように、ルーファスはさらりとガウンを脱いでベッドに入り、ベッドボードに背を預ける形で腰掛けた。エミリアにも隣に座るようぽんぽんとベッドを叩いて促《うなが》している。

エミリアはこくりと頷き、彼の隣に腰掛けた。先ず、彼の話を聞いてどのような状況なのかを知りたい。そんな気持ちで、エミリアは先を促した。

「それで、どうしてなの？」

「……我が国の現国王は、俺の父だ。だが、実権はまるで持たない、お飾りの王だ」

「…………」

エミリアは隣国の権力の情勢など全く知らない。ただ、この国の王様は幼い頃に即位し、それから何十年も王位についたままだとは噂《うわさ》程度に聞いている。

それが一体どうしてエミリアの監禁状態に繋がるのか。

エミリアはルーファスの話に耳を傾けた。

「この国の一番の権力者は王弟であり宰相《さいしょう》、サディアスだ。王の弟だが父とは腹違いだ。遡《さかのぼ》って言うと、先代宰相の娘がサディアスの母であり、宰相は長らく王座を狙っていた」

「えっと……つまり、宰相はルーファスの叔父さんで、代々宰相の一族ってことかしら」

人物関係の把握さえあやふやなエミリアがそう尋ねると、ルーファスは首を横に振った。

「代々ではない。先代宰相は、元は莫大《ばくだい》な富を持つ商人出身だった。だがその才覚と富で、父を王座に就《つ》けたのだ」

「王座に、就ける……」

そんなこと、出来るのだろうか。一介の商人が王を即位させるなんて……。

エミリアの疑問に、ルーファスは頷いた。

「そうだ。先代の王が亡くなった時、父はまだ十歳。単独で王になどなれる筈もない。崩御《ほうぎょ》前から当時の王弟たちの間で王座を巡る争いも、水面下で起こったらしい。しかし、先代宰相、リュシアンは全財産を父につぎ込んで後押しし、そして有能な人材を国政に送り込み一派に取り込んだ。結果はリュシアンの勝ちだ。父を王位に就け、自らは宰相になった」

「その……凄い人だったのね」

エミリアの相槌《あいづち》に、ルーファスは密着し耳にちゅ、と軽く口付けてから続けた。

「そうだ、だが奴の野望はそれだけではなかった。本当は、自らが王になりたかったのだ」

「えっ……」

驚くエミリアに、ルーファスは続けた。

「だがいかに有能だろうが富を持とうが、身分というものが奴の前に立ちはだかった。先ずは先代の王が在位中、自らの娘を妃として送り込もうとしたが、重臣たちに阻まれた。その時はいくら莫大な富を持つ豪商とはいえ、地位も身分もなかったからな。だが、娘を愛妾《あいしょう》として男子を授かることまではこぎつけた。現王の腹違いの弟だ」

「その生まれた子が、今の宰相で権力者ってことね？」

ルーファスが頷いた。

「そうだ。叔父上には先代宰相がかなりの英才教育を施したらしい。そして父を王座に就け宰相となった後は、自らの息のかかった娘を妃に据《す》えようとした。だが、父上は別の娘、俺の母を王妃とした。そのせいで母上には、かなりの重圧と嫌がらせとも言えない程度の悪意がぶつけられたが。しかし、母は周囲の期待通り、王子となる俺を産んでから亡くなった……」

なんとなく、ルーファスには母が居ないような気はしていた。でもやはりそうだったと、本人の口から聞くと切なさが胸を満たす。

エミリアは彼の手をぎゅっと握った。ルーファスはふっと笑って手を握り返し、そして髪に口付けて囁《ささや》く。

「ありがとう。だが、亡くなったのは物心つく前だ。俺には母の記憶もないので、特段母が恋しいというわけでもなかった。父上も、再婚を勧める声はのらりくらりと躱《かわ》し、先代宰相の息のかかった女を近付けなかった。妙な女が継母《ままはは》にならなかったのはまだ幸運だっただろう。それよりも、叔父上《おじうえ》だ。庶子とされた叔父上は、後ろ盾があれど既に即位している正当なる王を失脚させる機会がないまま今まで来た」

「失脚……それをさせられたら、王様でも王座から追われてしまうの？」

そんなものなのだろうかと尋ねるエミリアに、ルーファスは今度は額にキスしてから言った。

「そうだ。幸い、父はお飾りの王で実権がまるでないが特に野心を抱かず、政治にも興味を持っていなかった。大人しく王座に座り、国民への慰問程度しか公務はなく、後は芸術に関心を寄せるくらいだ。しかし、それが良かった。揚げ足を取られず、国民からの人気は高い王は失脚させられず王座に座ったまま現在に至った」

「ええ……」

「だが、俺は違う。俺が大人しくしているつもりはないことは、宰相一派はよく分かっている。それに……俺が立太子となってしまえば、叔父上の血筋には王位が継承されることはなくなる。先代宰相は既に亡くなったが、その片腕として力を奮《ふる》っていた叔父上を、死ぬ直前まで王座に就かせたいと頑張っていたようだ」

「自分の代わりに、ってことね……」

「ああ。現宰相であるサディアス叔父にとっては、王位に就くことは祖父と一族の悲願、そして自らの野望でもある」

「共に王家を盛り立てていくことは出来ないのかしら……」

規模は全く違うが、エミリアの家も荘園を営んでいて父母の兄弟や祖父母の親戚、なんて人も居る。しかし皆、それぞれの家業や土地を守り発展させているのだ。

全く揉《も》め事がないというわけではないが、そんなに陰謀や野望渦《うず》巻《ま》く場所は、やはり王城など身分の高いところだけなのではないだろうか。やはり、この場所は己には似つかわしくないと思いながら、エミリアは半ば予想出来る返事を待った。

「無理だな。立太子の儀が始まるまで、もしくはその最中に宰相一派は事を起こすと見ている」

「何を起こすのでしょう」

「国王と王子の暗殺だ。まとめて処分し、そして場を納め自らが王位に立つには相応《ふさわ》しい舞台だ」

「そ、そんな！」

予想以上の言葉が返ってきて、エミリアは狼狽《うろた》えた。本当に、そんなことがあり得るのだろうか。動揺したエミリアを抱きしめ、頬に口付けてからルーファスは言った。

「本当だ。それほどの緊張状態にあるし、既に何度も暗殺を仕掛けられている。それを全て掻《か》い潜《くぐ》り、やっと君を迎え入れられるまでになった。エミリア、俺は立太子の儀までに君を婚約者として周知させる。そして儀式の日に、君との婚姻《こんいん》を発表するつもりだ」

「……えっ、ええっ！」

突然の宣言に、エミリアは驚愕《きょうがく》しルーファスを見つめた。目を見開いて驚くエミリアに、ルーファスはふっと笑う。

「そのつもりがなければ、危険を押してここに迎え入れるわけがない。この離宮の中は安全とはいえ、守るべき存在が増えるとそれだけ弱みが増えることになる……」

「そんな、どうしてそこまでして……」

エミリアの問いかけに、ルーファスはまた軽く口付けた。今度は、唇にだ。そしてその問いに答えた。

「本当は、全てが落ち着いた後に君を迎えに行きたかった。しかし、これからどう動くかは予想出来ない。もし今回の立太子の儀を無事に越えられても、政権闘争は続くかもしれないし、今後は俺の婚姻も政争の種にされていくだろう。そうなる前に、君をお披露目《ひろめ》し、俺の婚姻相手については口を挟ませない」

「でも……だからって……」

エミリアにだって事情もあるし、気持ちの問題もある。それなのに、理由を隠されて連れてこられ、無理矢理奪われ閉じ込められた。後からそう説明されても、簡単に納得は出来ない。

そんな気持ちが伝わったのだろう、ルーファスはエミリアの肩を抱く力を強くした。

「それに……これ以上放っておくと君は他の男と結婚しそうだったから」

まるで、エミリアが悪いような口ぶりだ。さすがにそれには、反論したくなる。

「私にだって、継がなければいけない家と荘園があるのよ。家族だって放っておくわけにはいかないわ。どうして先に説明してくれなかったの？」

「先に説明すれば、君は俺の許に来たかもしれないが、来てくれないかもしれない。危険を冒《おか》さない為に確実な方法を取るのは当然だろう」

「そんな！　それじゃあ私の気持ちはどうなるの」

エミリアが思わず大きな声を出すと、ルーファスはふっと笑った。なんとも底意地の悪い、利己的な表情だった。

「俺は今まで、必要な物はなりふり構わずどんな策を使っても手に入れてきた。人脈や情報から、己の命を護《まも》る手段まで。その時に、他者の意思は関係ない。それは今も同じだ。俺は君が欲しい、だから奪った。それだけだ」

「……っ」

エミリアは理解した。

彼は目的の為なら手段も選ばず、相手の気持ちなど思《おも》い遣《や》りもしないのだ。

自己中心的、とは違うだろう。彼にはそういう生き方しか出来なかったし、躊躇したり迷えば死が身近に存在するという過《か》酷《こく》な暮らしだった。

でも、だからって。

エミリアが彼のことを理解したって、その逆はない。ルーファスはエミリアのことを分かろうともしないで、要望を押しつけるだけの関係となるだろう。

けれど、今この状態をどうすれば良いというのだろう。言葉に詰まるエミリアに、ルーファスは状況説明を繰り返してくれる。

「立太子の儀は来週、王都から少し離れた大聖堂で行われる。その日か、その前に叔父上が何か仕掛けてくるのではないかと見ている。国王と王子を纏めて葬《ほうむ》る何かを。もし今、君を手放したら確実に叔父上の一派に捕らわれるだろう。一度でも俺の手の中に入れたものは狙われるからだ」

「じゃあ、私は此処に居るしかないの？　それに、絶対に貴方と婚約して、結婚しなくちゃいけないの？」

そんなの無理よ、その言葉を続けようとしたがルーファスに唇を塞《ふさ》がれた。

先ほどから軽く口付けを繰り返していた彼の唇は、今はエミリアに深いキスを与えている。抱きしめられ、強引に侵入してきた舌が咥内を掻き回した。

それだけでエミリアの身体は反応してしまう。下腹部がきゅんとし、とろりと蜜が零れ出た。以前に与えられた快楽を、身体は覚えているのだ。

「ん、ぅっ……」

舌を絡めて吸った後、優しく舌裏をくすぐられると背筋に震えが走る。声にならない喘《あえ》ぎが出て、ルーファスに縋《すが》りついていた。

ルーファスにしっかり抱きしめられると、エミリアは何故か嬉しいと感じていた。

先ほどからルーファスと寄り添い、触れ合いながら話していると、その温かさと温もりに離れがたい気持ちが強くなっていた。人恋しいというものだろうか。

今まで、家族や使用人の愛情に包まれていたエミリアだが、この離宮でよそよそしい侍女たちと打ち解けるのは難しいと感じている。仲良くなるには、心を砕き時間をかけなければいけないだろう。今こんな風に、抱きしめてくれて、対等な会話をしてくれるのはルーファスだけだ。

しかし、このルーファスこそがエミリアを連れ去り閉じ込めた張本人なのだ。

そんな彼にしか頼れないなんて皮肉なものだ。もしくは、今からでも抵抗し突っぱねるべきなのだろうか。でも、そうすればエミリアに頼る人は誰もおらず、孤独な暮らしになってしまう。

皆と仲良く和をもって暮らしていたエミリアには、どちらも辛いと思える選択だった。

迷うエミリアを唆《そそのか》すように、ルーファスが口付けを止めて囁いた。

「諦めて、エミリア。もう君は俺のものになったんだ」

それは紛れもない事実だった。もうエミリアはルーファスのもの。

ストンとそれが胸に収まって、茫然《ぼうぜん》とするエミリアをルーファスは優しく押し倒す。

「さあ、今日はやっと時間が取れたんだ。ゆっくりと可愛《かわい》がってあげるよ」

「あっ、でも、それは……っ」

まだ話を終わらせたくない。

帰るのは無理だとしてもルーファスにたまに感じる不審な点を整理して自分の気持ちを伝

えたかったのに。でも彼にとっては、エミリアの感情など些末《さまつ》な事柄らしい。

また唇を塞がれ、深く柔らかなキスを繰り返される。頭の中がとろんとしてきて、身体が潤った。理性は、ルーファスはどこかおかしいから止めるべきだと言っているのに、快感で力が抜けてしまう。

彼がキスを首筋へと移した。

「あぁっ……」

唇が首に触れるだけでぞくりとし、吐息に混じって声が出てしまう。思わず喘いでしまって、エミリアは慌《あわ》てて口を閉じた。

こんなの、絶対に良くないことだ。唇を噛みしめるエミリアに、ルーファスは含み笑いを漏らした。

「どこも敏感だな」

「っ……やめて、ルーファス。私はこんなの、納得できないわ」

「こんなに感じているのに？」

ルーファスが身体をつつっとなぞっていく。肩、腕、脇腹、腿《もも》……それだけでエミリアの身体はびくりと反応し声が出そうになった。

「あっ……でも、それは……っ」

「君の身体は、俺を受け入れている。それは、心も受け入れているからじゃないのか？　本当に、虫唾《むしず》が走るほど嫌な相手には反応もしないだろう」

「つ……」

ルーファスの指摘通りだった。

こんなに自分の意思を無視され、身勝手に捕らわれているような状況なのに、エミリアは決してルーファスを嫌えないでいた。彼の容姿が美しいからだろうか。それとも身分が高いからだろうか。

分からない。けれど、いくら容姿が美しい人でも酷い人なら嫌だと思う筈だし、身分が高すぎて不釣り合いで逃げ出したいと思っている。こんな目に遭されてなお不思議だが、エミリアはルーファスの性根を好ましいと思っているし、このまま彼を放っておけないと感じているようだった。

それは、幼い頃から手紙でやり取りをしていたというのが根底にあるのかもしれない。それに、彼の不幸な生い立ちを聞いてなんとかしてあげたいとも思う。

結局のところ、憎めないというのが一番かもしれない。

幼い頃に自分が助けた命、それが失われるかもしれないというのは辛い。熱にうなされながら、必死でエミリアの手を握ってきたあの少年を救いたいというのは昔も今も同じ気持ちだった。

ルーファスに、死んでほしくない。元気で居てほしい。その願いは本物だった。

心中迷う様子のエミリアに、ルーファスは内腿を撫《な》でながら言った。

「優しくするから……ちゃんと、これからずっと大切にするから……だから、俺を受け入れてくれ、エミリア」

「ルーファス……」

今までずっと大変な暮らしだったであろうルーファスが、こんなに懇願している。それは十分にエミリアの胸を打った。

抵抗しなければ、という心がエミリアの中から消え、身体の力がふっと抜けた。

それを見逃さないかのように、ルーファスは内腿を伝う指を上に動かし、秘所をそっと手の平で覆った。手はそのままゆるく押し当て、薄いナイトウェア越しに胸にキスをする。唇を柔らかな胸に這《は》わせた後、胸の先端をゆっくり舐《な》められた。

「んっ……」

尖《とが》った舌先で、ピンと勃《た》った胸の突起を弾くように舐められると気持ち良くて声が出てしまう。そして、やはり下腹部が疼《うず》く。

でも、ルーファスはゆっくりと宣言した通り、急ぐつもりはないようだ。襞《ひだ》の上からそっと触れているだけの手の平は其処《そこ》に何も愛撫《あいぶ》をしてくれない。

襞の内側を触れられると、信じられないほどの快楽を得られると、エミリアの身体は知ってしまっている。知らず知らずのうちに、エミリアは熱い吐息を漏らしながら腰を突き上げるように動かしていた。

優しく触れられるだけじゃ、我慢出来ない。もっとちゃんと触ってほしい……。

けれど、ルーファスは襞に触れていた手をすっと避けてしまった。発散出来ない熱と疼きが残される。

エミリアが思わず切なげなため息を吐くと、ルーファスは楽しそうに囁いた。

「ちゃんと最後まで気持ち良くさせてあげるから、今はゆっくり、俺に任せて」

「ん……」

ゆるゆると肌を撫で、唇で触れられる。普段はなんてことのない、二の腕や腿まで彼に撫でられると今は酷く感じてしまっていた。

既に身体中のどこもかしこも敏感になって、ルーファスに愛撫されることを待ち望んでいる。

だがルーファスはわざと焦らしているかのように、なかなか肝心なところに触れてくれない。

さっき胸の先端にキスしてくれたがそれもすぐに止めてしまい、其処を避けて周囲に舌を這わせている。それも、ナイトウェアの薄布越しにだ。

「はぁっ、んっ……」

もう、前に教えられた気持ち良くなるところに触れてほしい。こんなに中途半端な状態のままはやめてほしい。苦しいまでにどうにも出来ない快感に、エミリアは眉根を寄せシーツをぎゅっと握った。

それを見てルーファスはエミリアの額に優しいキスを落とした。

「力を抜いて、エミリア」

「だって、こんなの……」

ルーファスの手が内腿に触れ、そこから上に指を滑らせまた襞に触れようとしている。

何を言われたわけでもないのに、エミリアの足はひとりでに開いていった。もう下着は濡れてぐちょぐちょになっているし、薄い生地のそれは蜜が染みて透けた状態になっているだろう。

でも、ルーファスは何も言わない。そして、襞の外側をするりと撫でて下着の縁《ふち》をなぞるだけで膨《ふく》れて存在を主張している花芯《かしん》に触れてくれない。

「っ……ルーファス……」

「此処に、触れてほしい?」

そう言って、ルーファスはほんの少し、触れる程度の力でそっと敏感な尖りの上に指を置いた。

「っ……」

声が出そうになって、エミリアは歯を食いしばった。こんなに軽く触れられているだけでエミリアの蜜は益々溢《あふ》れる。もっと、ちゃんと触って撫でてほしい。けれど、それを直接口に出すのは憚《はばか》られた。そんなことを臆面もなく言えるのは、はしたない淫《みだ》らな女だけだ。

「…………」

無言で返事をしないが身体はひくつき腰が揺れる。そんなエミリアに、ルーファスは無視されて気を悪くしたわけでもなく、楽しそうに言った。

「じゃあこれ、脱ごうか。ナイトドレスを脱がしてあげよう」

やっと、服を脱げる。自分で脱いでも良いか分からなかったし、下着が濡れて張りついている。エミリアはほっとした。

でも、ルーファスの前で自ら裸になりたいと思ってしまうなんて、いやらしい……。己を恥じていると、ルーファスはエミリアのナイトウェアを脱がしてくれた。けれど、下着はそのままで薄い布地で覆われた秘所は触れられないままだ。それに、何故かエミリアを反転させうつ伏せにしてしまった。

どうしてだろう、そう思っているとルーファスの唇は背中に口付けた。

「っ！」

そのまま、背中に唇を這わせたり舌で背筋を舐め上げている。手はヒップを撫で回し、そして後ろから秘所にもそっと指を這わされる。薄布の上から蜜口を軽く押され、くちゅくちゆと指を遊ばされるとエミリアは面白いほど反応してしまった。

「あっ、んっ……やだぁっ」

「すごく濡れてる。まだ、ちゃんと触れてもないのに」

「やっ……いや、見ないでぇ……」

恥ずかしいのに、感じてしまう。彼に触れられる度にお尻を振ってしまう痴態に、エミリアは恥ずかしくて仕方がない。振り返ってルーファスを見ると、彼は嗜虐《しぎゃく》の笑みを浮かべていた。

「いいね、その姿。もっと焦らして泣かせて、欲しがらせたい」

「つ……そんな、ルーファス……」

羞恥でもじもじとするエミリアに、ルーファスは優しく囁いた。

「じゃあ、どうしてほしい？　ちゃんと言ってみて。俺はその通りにするよ」

ルーファスの甘い声は、エミリアには毒のように思えた。ここで何か言えば、彼に堕《お》ちてしまうような、そんな気がしたのだ。

「つ、ふぁっ……ぁんっ……」

背中を唇で愛撫され、軽くなぞられただけで甘い声で啼《な》いてしまう。けれど、エミリアは彼の問いには無言でいた。ヒップを撫で回していたルーファスの手は、またエミリアの身体をひっくり返して仰向きにさせた。

「ねえ、エミリア……」

今度は布越しではなく、胸を直接舐められる。しかし、舌は先端には決して届かない。胸の突起の周囲、乳輪に沿ってちろちろと舌が這わされている。既に、乳首が痛いほどに勃っていた。触れられていないのに、じんじんとしている。

それと同時に、彼の手はまだ穿《は》いたままの下着の上から、花芯を触れるか触れないかの強さでなぞっていた。エミリアの腰はひとりでに揺れ、指に敏感な尖りを押し当てようとしてしまう。

「あっ、もぉっ……ルーファス……っ」

「どうしてほしいか言ってくれ、エミリア」

触れてほしい。この中途半端なくすぶりをどうにかしてほしい。でも、言うのは恥ずかしい……。

エミリアはなんとか婉曲《えんきょく》に彼に伝えようとした。

「つ……その、ちゃんと、触れてほしいの……」

エミリアの言葉に、ルーファスは揶揄《やゆ》するでもなく素直に頷いてくれた。

「じゃあ、これも脱がせよう」

ようやく、下着に手がかかって脱がされる。濡れてぐしょぐしょになって、透けて貼りついていたそれは既に下着の用を為していなかったが、でもやはり一枚でも身体を覆う物があった方が心強かった。

生まれたままの姿にされると心もとないし、濡れすぎた其処を見られるのも恥ずかしい。

ルーファスはエミリアが望んだ通り、胸の先端に口付けながらそっと花芯に手を触れた。

「あっ、ああっ……！」

ぬるつく尖りを撫でられ、胸の先端を吸われるとすぐにエミリアの中で渦巻いていた快感は上昇へと向かっていった。また、あの時の信じられないほどの快感が近付いてくる。

すると、ルーファスの手はすっと尖りから離れてしまった。

「っ、っ……」

声を殺して息を抑えようとするエミリアに、ルーファスはにっこりと笑って言う。

「まだだ、ゆっくり感じて。時間はあるんだから」

もう泣きそうだった。

ルーファスはエミリアに愛撫を施し、頂上に近付けてはそのまま置き去りにする事を繰り返した。エミリアは足を開き、腰を浮かせ無意識に快感をねだろうとしている。ルーファスはエミリアの開いた足の間に身体を割り込ませ、濡れそぼった秘所に顔を近付けた。

「やっ、見ないでぇっ」

まだ羞恥があって、エミリアの手はルーファスの頭を退けようとした。しかしそんな弱々しい力では、抵抗にもならない。彼を余計煽るだけだ。

ルーファスはその手を無視し、閉じられていた慎ましやかな襞を両手で割り開いた。いつもは隠されている快感の雌芯《ししん》をまじまじと見つめられている。どうしようもなく恥ずかしく、なのに感じてしまう。

ひくつき、快感で染まり膨らんでいる尖りにふっと息を吹きかけられると、エミリアの身体はびくびくと動いた。それだけで感じて蜜は零れ続ける。それを見たルーファスは、陰核《いんかく》には決して触れないようにその周囲に舌を這わせ、舐めていった。

「あっ、あぁぁっ！　もっ、やだぁ……っ」

身体をくねらせ、声を抑えられず喘ぐエミリア。腿から尻に伝うほど愛液《あいえき》を溢れさせ、涙目になっても蜜口はひくつき雄を待っている。その上も下も啼いている状態に、ルーファスは深い満足感が得られたようで低く含み笑いをして言った。

「嫌かな？　俺には、喜んでいるように見える。こんなに感じてくれて、嬉しいよ」

戯《たわむ》れに舌の腹で、今まで触れなかった尖りをぴたっと覆うと、エミリアは嬌声《きょうせい》をあげながら腰を突き上げる動きをしている。

「あぅっ、やぁっ、いやぁこんなのぉ……っ」

「そうじゃないだろう？　俺は、もっと素直に悦《よろこ》びの言葉を聞きたい」

そう言いながらつぷりと蜜口《みつぐち》に指を差し挿《い》れてくる。温かな泉はルーファスの指を歓迎するかのように受け入れ、包み込んだ。浅いところでゆるゆる動かされると、もっと、と言うかのようにきゅっと内壁が締めつける。

「あっ、ん……」

「はぁ、エミリア……出来ることなら、今すぐ突き挿れて思うさま腰をぶつけたい。だが……今は君を感じさせたい」

どうやらルーファスはエミリアの身体を陥落《かんらく》させ、快楽で虜《とりこ》にしようという腹づもりらしい。エミリアが彼から離れられないようにするには、手っ取り早い手段なのだろう。

ルーファスの口ぶりから、彼に堕とされるのではないかという不安は的中したと感じる。

しかし、今のエミリアにはどうすることも出来なかった。

「あっ、だめぇ……っ、そこ、ぁんっ」

ルーファスの指が、今まで知らなかったのにこの間教えられた、中の一番感じる場所に触れていた。そこをゆっくり指の腹で擦られると、すぐさま達したくなる。

「ふふ、気持ちよさそうだね。可愛いよ、エミリア」

こんなの、駄目なのに。でも、もう限界だった。

「ルーファス、ルーファスぅ……っ、お願い……っ」

ついに屈しようというエミリアに、ルーファスは指を引き抜き、優しく尋ねる。

「エミリア、言ってくれ。どうしてほしい？」

「っ……ルーファス……お願い、挿れて、もう終わらせて……」

控えめに言おうと思っていたのが、随分《ずいぶん》直接的な言葉になってしまった。

ルーファスにどう思われただろう、恥ずかしげもない女と見られたかもしれない。

エミリアがちらりと彼の顔を見てみると、ぎらりと目の色が変わった、ように思えた。

ルーファスはいつもの笑みもない、欲望に塗《まみ》れた瞳をして言った。

「俺がどれだけ我慢しているか分かるか？　そんな風に言われると、もう我慢の限界だ。もっと焦らしたかったが、もう止める」

「つ……」

ルーファスはエミリアの膝裏に手を差し入れ、股を大きく開いて秘所を丸見えにした。そしてすぐに蜜口に自身を宛《あて》がう。そして一気に奥まで貫いた。

「あひぃぃんっ……！　いたっ……」

いくら滑るほど濡れていても、未だ行為に慣れていないエミリアは奥を急に穿《うが》たれると痛い。

ルーファスもそれに気付いたようで、眉根を寄せてエミリアが慣れるまで、優しく口付け動かないでいる。

エミリアも、唇だけでなく頬や耳、首筋に優しくキスをされると落ち着いてきた。猛烈な違和感だった肉棒を、エミリアの中は受け入れ包み込むように内壁が動いている。

ルーファスも切なげな息をついてエミリアの頬にそっと触れた。

「はぁっ……すまない、余裕がなさすぎた。痛い思いをさせたくなかったのに……ゆっくり、動くぞ」

「っ、大丈夫……」

むしろ、いつも落ち着いて見えるルーファスが必死になってくれるのは嬉しい気がする。

エミリアは余裕を取り戻した、ような気がしたがそれはそこまでだった。

ルーファスがゆっくりと自身を引き抜いていく。ずるりと入口の浅いところまで抜かれるその感触は思わず息をつくほどエミリアをぞくぞくさせる。そしてまた、肉棒がゆっくり侵入してくる。それはエミリアの一番感じるところを亀頭で緩く掠《かす》めて、また出て行く。

ゆったりとした抜き挿《さ》しを繰り返され、エミリアの背中はしなった。

「あっ、あっ……」

もっと強く、しっかりと擦ってほしいのに。

花芯の裏側にあたるざらついた其処は、少しでも触れられると感じすぎて頭が真っ白になってしまう。でも、たっぷりと焦らされた上、此処もこんな風にちゃんと触れられないのがもどかしい。

感じる其処に、ルーファス自身を強く当てて擦ってほしい。

エミリアは無意識のうちに腰を突き上げ、自ら快感を取り込もうとしてしまった。だが、意地悪なルーファスは腰を引き、蜜口の浅い部分で遊ぶようにゆるゆると動かしている。もう、達したいのに達せない中途半端な状態が爆発しそうだった。

「ル、ルーファス……っ、お願い、もぉ……っ」

「どうしたい？　エミリア、言ってくれ」

「っ……あ、あぁっ……」

エミリアは何も言えない。けれど、彼に抱きつき、自ら足を開き腰を振って良い所にルーファス自身を当てようとしてしまう。

やがて、ルーファスが肉棒の先端部分、一番出っ張った傘の部分をエミリアが望む箇所にぴたりと押し当てた。

「此処か？」

びりびりと雷撃が走るように快感が駆け巡る。だが、ルーファスはそれ以上動いてはくれない。エミリアはついに嘆願《たんがん》した。

「ひぁっ、あぁっ！　そこ、あーっ、ルーファス……っ、動いてほしいの、お願い……っ」

「動くだけ？」

「動いて……イかせて、ほしい……イきたいのぉ、ルーファスぅ……っ」

辛い状態を脱出したいあまり、舌足らずになってルーファスに縋りつく。ルーファスはエミリアの望みを叶えるべく、其処をごりごりとえらの部分で擦り始めた。

「ひっ、あっ！　あぁぁぁんっ!!」

すぐに頭が真っ白になって、渦巻いていた快感が爆発していく。その力は凄《すさ》まじく、全身ががくがくと痙攣《けいれん》しながら絶頂へと駆け上がっていった。

嬌声をあげ、蜜をお漏らしのように撒《ま》き散らしながらエミリアはイってしまった。我慢させられ続けた頂上は、今までより高く大きく、押し上げられた後は身体がひくひくとして力が上手く入らない。

しかし、頭はすぐ正気を取り戻す。快楽に負けて、なんて恥ずかしいことをしてしまったんだろう。自ら腰を振る痴態と、言葉でおねだりしてしまった。それに、漏らしたように足の間がびしょびしょだ。エミリアは羞恥とどうしようもない混乱で、泣きだしてしまった。

「っ、も、やだぁこんなの……っ」

「泣かないで、エミリア」

ルーファスが抱きしめ、頬や目尻にキスし慰めてくれる。しかし、未だに貫かれたままだし心なしか彼の肉棒の質量は大きくなったような気がする。

そしてそのまま、彼自身はずぶずぶと奥まで侵入してきた。

「っ、ルー、ファス……っ」

「そんな風に泣かれると、どうしようもなく興奮する。それに、俺はまだ果ててないからな」

「あっ、ああっ！」

快感のあまり、挿れられたまま泣いてしまってもルーファスを煽るだけだ。

奥まで入った肉棒が、ゆっくりと引き抜かれ入口付近まで出ていく。そして、今度はゆっくりとまた奥まで入っていった。ずるりと抜かれる感覚も、押し挿れられる感触も、どちらもぞくぞくする。

先ほど達したばかりなのでエミリアの快感は増している。だから、奥を突かれてももう痛くはなかった。気持ち良さだけがエミリアの肉体を支配していた。ルーファスに抱きつき、喘ぎ、身体をくねらせる。

彼も遠慮せず、エミリアの腰を持ってがつがつと突き上げた。じゅぶっ、じゅぶっという水音と肉がぶつかるパンパンという音が部屋に響く。

「ひっ、ひぃん……っ、ふぁぁっ、あーっ！」

ルーファスが動く度に、信じられないほどの気持ち良さが全身を襲う。どうして、中を擦られているだけなのにその快感は身体の全てに感じられるのだろう。

彼が腰を動かす度に、肉壁が刺激を受ける。奥を突かれるのも、出して挿れられて擦られるのも、どっちも気持ちが良すぎた。

明瞭《めいりょう》な言葉も言えず、啼いているエミリアの最奥まで大きく穿ち、ルーファスは欲望を思いきり放った。

「くぅっ……エミリア……っ」

「はぁっ、はぁ……っ、ルーファスぅ……っ」

エミリアはルーファス自身を難なく奥まで飲み込み、その放たれた欲望も飲み干した。

なんとも言えない充足感が身体を満たす。こんなに気持ち良くなって、そしてお互いが満足すると心地よく気怠《けだる》くなるのだと知った。彼の軽い口付けを唇に受けて、眠気に誘われるがままに瞳を閉じたエミリア。

だが、彼のキスは深くなり舌を侵入させ、エミリアの腟内を愛撫している。未だ抜かれていない肉棒は、達した筈なのに大きさと硬さを保ったままで再び動き出した。

「あっ、あっ……！　ルーファス、もう、イったのに……っ」

どうして、と尋ねるエミリアに、ルーファスはくすりと笑った。いつもの、余裕を感じさせる笑みだった。

「今日はゆっくり出来ると言っただろう？　まだ時間はある。今度はもっと感じさせてやろう」

「ひぁっ、あーっ！　そんな、待って、ルーファス……っ」

ルーファスは動きを止めず、エミリアの中の良いところを重点的に刺激し始めた。

エミリアの快感で悶《もだ》える夜が、再び始まったのだった。

「少し無理をさせたか……」

ルーファスの隣で、エミリアが気絶したように眠っている。

先ほどまで、エミリアの一番感じる箇所を外と中、同時に刺激していたのだ。亀頭の一番膨らんだえら部分で、彼女が感じるスポットを小刻みにごりごり攻めながら、陰核を指で撫で回す。するとエミリアは絶叫し、蜜を漏らしながら何度も達した。やがてイきっぱなしのようにずっと感じ続け、涙を零しながらよだれを垂《た》らし、潮《しお》を噴くと静かになった。

疲れ果て、ばたりと倒れ伏すように眠ったらしい。エミリアの痴態はルーファスを概《おおむ》ね満足させた。でも、まだ足りない。

あの助けられた日からずっと欲しいと願っていた。

ようやく、彼女を手に入れられたのだ。倒れ伏しているエミリアの髪を撫で、胸に去来する物を想い返す。

あの日も、ルーファスは暗殺未遂により命を狙われ、そして一番手酷い裏切りを受けたのだった。


物心ついた時には、既に王妃である母は亡くなっていた。

父である王は政治に無関心なだけでなく、何に対しても興味の薄い人だった。勿論ルーファスにも関心はなく、父王に声をかけられるのはごく稀《まれ》に気まぐれで、という状況だった。

それでも、王子たれという躾《しつけ》はされていた。

厳しい教育係は冷たく、いきすぎるほどの罰をルーファスに与えた。勉学が出来なかったという理由で、木の指し棒で何度手を打たれたか分からない。今から思えば、ルーファスの施政者《しせいしゃ》としての心を折る為の刺客だったのかもしれない。庇《かば》う者は誰もおらず、無味乾燥の宮廷生活。物質的に不足はなかったが、冷めた食事と冷たい部屋というおよそ温かみのない少年時代を過ごした。

ある時、そこに少しの変化が起こった。ルーファスを取り巻く状況を哀《あわ》れに思い、新しく入った侍女である世話係があれこれ面倒を見てくれたのだ。その侍女、ベリンダのことを思い出すとルーファスは心の中が灼熱《しゃくねつ》のように熱く痛くなる。

彼女は、優しかった。随分大人のお姉さんと思っていたが、まだ二十歳やそこらだったと思う。

ベリンダがルーファスに親身になってくれるのは弟が居るからだと言う。

『畏《おそ》れ多くも弟に重ね合わせてしまうのです』

教育係に棒で打たれた手を手当てし温めてくれたり、こっそり甘いお菓子をくれたり、優しくしてくれた。

ある時……そう、あれはルーファスが十二歳の時だった。国境近い別邸で静養していたルーファスに、付き添っていたベリンダが、

『気分転換にピクニックに行こう』

と誘ってきた。護衛や教育係に反対されるやも、と思ったがベリンダは笑って言う。

『大丈夫です、私がお許しを願い出ましたから。たまには皆さんも休暇を楽しみたいようです』

現在、近衛騎士団の団長であるヒューゴーの父も護衛長として来ていたが、自他共に厳しい彼が休暇を楽しみたいなどと言うだろうか、とちらりと思った。

しかしルーファスはピクニックというものをしてみたかった。ベリンダがサンドイッチと特製のレモネードを作ってくれるというのも楽しみだった。それでも、表立ってルーファスが別邸を堂々と出るのは良くないと、二人は裏口からこっそりピクニックに出掛けた。

ベリンダはルーファスの手を引っ張り、どんどんどん歩いていく。ピクニックに適した丘を越え、うっそうとした森に入ってもまだ足を止めず、奥深くまで入っていった。

『ベリンダ、どこへ……』

『黙って歩いてください、行かなければならないのです』

その口調は厳しく、ベリンダの顔は見たことがない恐ろしい形相《ぎょうそう》になっていた。握られた手は強すぎて痛く、引き摺《ず》られるように歩いていく。

何かがおかしい、異変は起こっている。そう思ったが、ベリンダを信じきっていたルーファスは、もしや別邸に危険が迫って、自分を逃がす為に連れて行ってくれているのではないか、と思った。

彼女を信頼し、ルーファスは導かれるままに黙ってついていったのだった。

『此処でいいでしょう』

『…………』

道もないような木々が生い茂った森の中で、ベリンダはそう言った。此処で一体何をするのか。ベリンダは持っていたバスケットを地面に置き、後ずさりながら言った。

『私はちょっと行かなければ。このまま此処で待っていてください』

そう言ってきびすを返し、振り返りもせず去っていく。ルーファスは言われた通り、しゃがみ込んでじっとしていた。それでもずっと待っていると薄暗い森の中は寒いし、お腹が減ってくる。

ベリンダが持っていたバスケットがふと目に着いた。この中にはサンドイッチと飲み物が入っている筈だ。ルーファスはバスケットの上にかぶさっていた布を取り除き、中身を見て絶句した。

中には、小鳥が羽を毟《むし》られ肉となった状態で何羽も入っていた。それに、卵。サンドイッチやレモネードはどこにもない。一体これは、どういうことだろう。鶏《にわとり》の死骸に生卵なんて……立ち尽くすルーファスの足元近くに、しゅるしゅると動く影があり、ハッとして見下ろす。

いく。

蛇だ。

すぐにルーファスは察した。このバスケットの中身は、蛇の好物だと。きっと、人間には感じないが蛇を引き寄せる香りも付けられているのだろう。蛇がバスケットに次々群がっていく。

ルーファスはすぐその場を離れようとした、が、暗くて足元が見えない。運悪く蛇の近くを通ってしまったようで、足に何か触れた。その次の瞬間、ふくらはぎに焼いた鉄を押しつけられたような熱い痛みが襲った。

『痛いっ……』

不味《まず》い、咬まれた。そう分かっても足を止めることは出来ない。毒の回りが早くなると思いながらも、なんとか足を引き摺ってその場を去る。

奥深い場所から開けたところに抜け出せたのは幸運だった。そして、更に幸運だったことに、人が居たのだ。ルーファスはそれでも身分を明かさず、助けを求めた。

『足を蛇に咬まれた、治療出来るところまで連れて行ってほしい』

『まあ、それは大変。ここに座って。咬まれたのは何処かしら？』

その人は、まだ少女の幼い口調だというのにやけにテキパキしていた。金色の髪がハート形の顔を縁取っている。緑の瞳が少し垂れていて、優しそうに見える。

しかし、優しそうに見える人がその通りではないというのは、ルーファスは身をもって叩き込まれたところだった。この少女は安心させる雰囲気というか、人を落ち着かせるような空気を纏っていたがそれが本物かどうか、ルーファスには分からない。

ルーファスが何も答えず立ち尽くしていると、彼女はハンカチを草の上に敷いて彼の手を引いて座るよう促した。それは柔らかな力で、なんら強制するものがない優しい手の引き方だった。そこで、ぐっとルーファスの胸に来るものがあった。

先ほど、ベリンダは容赦ない力で手を引いたのを思い出したからだ。自分は、何より信頼していた近しい侍女に裏切られたのだ。そう思いながらも、なんとか口を開いて咬まれた場所を告げる。

『……右の、ふくらはぎ』

『じゃあ裾を捲《めく》って、そこを見せて。ジェシカー！　ジェシカ、どこー？』

少女はルーファスに指示したかと思うと、別の女性の名を呼んだ。すぐに、近くに居たらしいジェシカと呼ばれた中年女性が現れる。

『どうしたんですか、お嬢さま……あっ、どうしたんですか？　まあ、大変！』

顔色が悪く座り込んでいるルーファスを見ると、ジェシカはたちまち動揺してばたばたとし始めた。少女はジェシカにもすぐ指示をする。

『家にある毒の分解液を、取ってきて頂戴《ちょうだい》。この間、モーガンさんが咬まれたからお父さまは多く買っていたでしょう。早く！　走って！　ついでに、お父さまにもこのことを伝えて。森で毒蛇に咬まれた子がいるって』

『は、はい！』

ジェシカは言われた通り、走って去っていった。

少女はすぐにルーファスに向き直った。

『咬まれたの、ここね？』

『そうだ……』

ルーファスの傷口を見る為に、少女は迷いなく土の上に膝をついた。服が泥で汚れるのも気にしないようだ。そして、ルーファスの足に触れて言った。

『少し痛いかもしれないから、我慢してね』

そしてルーファスの足に唇を寄せて、思いきりちゅーっと吸った。

「っ！」

それは甘美《かんび》な体験だった。

少女のふわふわとした髪が、ルーファスの足に触れている。ルーファスの足を少し持ち上げ、這いつくばった恰好で毒を吸いだして、ぺっと下に吐き出している。

少女のそれはお世辞《せじ》にも上手ではなく、吸ってもあまり血も毒も吸いだせないようだし、吐き出すのも勢いよく出来ないので顎《あご》や胸元に唾液が零れ落ちる。でも、必死にしてくれるのはよく分かった。

ルーファスの胸の中が、熱いもので満たされた。

出来るならば、この少女を思いきり抱きしめたかった。その衝動はなんというのか分からない。けれど確実に言えることは、ルーファスはこの少女に触れられ足を吸われ、興奮していた。

少女はまさか助けている相手がそんな邪《よこしま》な気持ちで見ているとは知らず、懸命に毒を吸い出していた。

やがて、ジェシカが戻ってきた。

『こっちです、助けてあげてください！』

見ると使用人らしい男を引き連れて戻ってきている。それからは大人たちに手当てされ、ルーファスは少女と引き離されてしまった。

解毒の薬の副作用として、その夜、ルーファスは高熱が出たが少女が見舞ってくれると引き留めるよう手を握った。そして、少しでも話をしようとする。

『君の名前は？』

『エミリアよ』

『どうして僕をそんなに一生懸命助けてくれたの』

ルーファスの問いに、エミリアはぱちくりと目を開いて驚いたようだった。

『どうしてって……咬まれたままだと死んじゃうかもしれないでしょう。当たり前じゃない。

この間も、モーガンさんが咬まれてみんな大騒ぎでね。でも、みんなで助けたから大丈夫だったの』

ルーファスの周囲では、そんなことは絶対に起きない。

ルーファスの身分を知らせても利や保身を考え、何か得られるものが大きくないと助けない人間ばかりだろう。それを、身分も立場も知らない筈なのに、ルーファス自身を見て助けてくれたのだ。こんな風に屈託《くったく》なく笑えるエミリアを、傍に置きたかった。

どうしても、彼女が欲しい。エミリアの他愛のない話をずっと聞いていたい。

しかし、彼女を欲したところで邪魔しか入らず、現実的に手に入れるのは無理だろう。ルーファスが力を振るえる立場にならない限りは。

現実的に、将来を見据《みす》え動く時が来たのかもしれない。ルーファスがじっと耐え忍《しの》んでいた時間は、エミリアがきっかけで終わろうとしていた。

だが、エミリアだってただ傍に置くだけではいつ裏切られるか分からない。彼女のことを把握し、傍に居たくなるよう望みを知るなり弱みを握るなりしよう。

彼女が逃げないように。

翌日、それでもルーファスの派閥に属している護衛騎士団たちはルーファスの居所を突き止め、迎えに来た。ルーファスはエミリアと手紙でのやり取りを約束し、また会いたいと告げてから彼女の荘園を後にした。

別邸に戻ると、なんとルーファスが出て行ったのは彼が我儘《わがまま》を言ってベリンダに命じて、無理矢理外出したということになっていた。

ベリンダはそう釈明し、いけしゃあしゃあとルーファスにもそう口裏を合わせるよう強要した。ルーファスに便宜《べんぎ》を図る忠臣は居ないから、彼女に頼るしかないと踏んでいるのだろう。甘く見られているのだ。

ルーファスはそれを否定し、彼女の背後を徹底的に洗うよう数少ない配下たちに指示した。詳しく調べると、後ろ暗い何かが出るかもしれない。命じた者たちのやる気はなさそうだった。しかし、今回はあからさまに殺されかけたのだ。ルーファスも容赦は出来ない。幸いにも、忠信篤《あつ》い配下であった護衛長、ヒューゴーの父が調査を決行してくれた。結果、彼女はやはり叔父上が放った刺客であり、信用させた後ルーファスを暗殺する予定だったらしい。

彼女の言っていたことは、全てが嘘だった。

ベリンダは金で雇われた、舞台役者崩れだったしお金を貰って裕福に暮らしたいだけだった。弟だって居なかった。

しかも、ベリンダは捕えられた後、ルーファスを糾弾《きゅうだん》し始めたのだ。あんな王子に国は任せられない、自分は国の為に正しいことをしようとしただけだ、と。

ルーファスは心折れることもなく、粛々《しゅくしゅく》と手続きを進めベリンダを処刑した。

ベリンダの背後には叔父上が居ることは確実だったが、しかしそこまでは捜査の手を回すことは出来なかった。権力も、人材も、資金力も、全てが向こうの方が上手なのだ。今まともに対抗など出来ない。

ルーファスは少しずつ成長し、そして力を蓄《たくわ》えていった。周囲の誰をも信じられないが、しかし王家の一族、王位継承者第一位の王子として人を使うことは出来る。そして、成人するまで叔父上の企《たくら》みを躱《かわ》しながら、やがて立太子の儀直前までこぎつけた。

この儀式が終われば、先ずはひと段落だ。ルーファスが死なない限りは叔父上が王位に立つことはない。その日に、きっと向こうは何か仕掛けてくるだろう。

だが、それを跳ね返す。その為に心の拠《よ》り所《どころ》でもあるエミリアは手中に入れてある。あの日から、逃げず裏切らないように傍に置きたいと、ずっと監視を付けていた。エミリアへの関心はもはや執着と言って良いだろう。

それでも……。

「エミリア、俺のこの気持ちはなんと言えば良いのだろう。愛と言うには重すぎて、君への想いは一方的だ。俺は、君が嫌がろうと拒否しようと、俺の傍から離さない。逃がすつもりはない……」

倒れ伏して眠り込んでいるエミリアに、ルーファスは寄り添い抱きしめた。

この優しい温もりを、絶対に手放したくはなかった。

「本日もエミリアさまは屋上の展望塔に出向いた程度で、離宮から一歩も出ずに過ごしていらっしゃいました」

ヒューゴーはエミリア付きの侍女であるホリーの報告を聞き、頷いてから更に問うた。

「それで、心持ちはどうなんだ。王妃となりたがっているのか、そうでないのか」

ルーファス付の近衛騎士団のうち、護衛長を担っているヒューゴーにとって今一番の悩みの種は、突然現れた王妃候補への対応だった。

無視するわけにもいかず、さりとてどのような娘で何を望んでいるのかも全く分からない。ルーファスからは、丁重に扱い傷一つ付けずに護衛するよう、とのみ指示を与えられている。

手がかりを得ようと尋ねている相手、ホリーはいつものように無表情に答えた。

「私が見た限りでは、王妃への望みというものはなさそうです。それどころか、王宮で暮らすおつもりもなく、帰りたいと願っていらっしゃるようです」

「そうか」

ヒューゴーははあ、とため息を吐いてしまった。

一体何を考えているんだ、とルーファスに尋ねたくもなる。

だが、彼の主は無駄な質問を嫌う性質だった。聞いても答えはしないどころか、不興を買うだけだろう。

此処は離宮の中の、騎士団長に与えられる一室だ。ヒューゴーは父の代からルーファスに付き従い、この一室を与えられるまでには重用《ちょうよう》されている。

ヒューゴーは、主の思惑《おもわく》なら大抵のことは理解出来ていると思っていた。ルーファスは己にも他人にも厳しく、目的の為には何を犠牲にしようが邁進《まいしん》するタイプだった。

また、事細かに説明するなど情報を漏《ろう》えいしてくれと言っているようなものだと、たとえ重臣やヒューゴーのような側仕えにも命令しか下さない。今までの任務で、事情の説明や詳細など教えてもらったことはなかった。

どうしてこの指示があったのだろう、なんてことは考えるだけ無駄だし、もし尋ねても知る必要はないとにべもなく言われるだけだろう。ヒューゴーたち側付きの近衛騎士たちも、それが常のルーファスだと思っている。それが、当たり前なのだ。

だが、突如国境を越え隣国エルトワに行くと言い出してからは、ルーファスはいつもの彼ではなくなった。

ただし、それはエミリアの前でのみに限られる。

彼女の前では蕩《とろ》けるような笑顔で優しげな様子を崩さない。心底から気遣って、エミリアに優しくしようとしているし、それは使用人たちにも厳命している。エミリアに失礼な態度を取った者は、すぐにこの王宮から放り出されるだろう。

だが、ルーファスのエミリアへの優しさは、彼女が帰国したいと言い出さない限りのものではないかと見ている。ヒューゴーが同席したあの時、エミリアを帰すつもりもないのに短期の観光旅行だと偽り誘い出していたからだ。

エミリアを連れ帰る旅程も大変だった。

ルーファスがエルトワに向かったのも情報が漏れないよう突如《とつじょ》だったし、馬の替えなど手配しようがない。だが、護衛が手薄な旅先で命を狙われると一たまりもないのも事実。急ぎ帰る一団にとっては、苦難の道となった。

その時も、ルーファスはエミリアにだけは優しく気遣って、いつもの冷淡な様子はまるで見せなかった。普段は、ヒューゴーたちや王城関係者だけでなく、王子に色目を使う令嬢にもまるで寄せつけない氷のような態度なのに。

彼の変わり様に、騎士や使用人一同も内心驚いている。

一体、あのエミリアという娘には何があるのか。ルーファスにそれだけの事をさせる特別な女なのだろうか。

ヒューゴーが見たところ、それなりに娘らしく可愛らしくは見える。だが、王都の貴族にはそれ以上に美しく賢い、優しく気遣いも出来る令嬢などいくらでもいるだろう。

エミリアに身分も生家の後ろ盾もない以上、二人が共に居ることでルーファスの益となるのは彼への癒しだとか、愛情だとか、そんな精神面にしか期待出来ない。

愛情だって、いつかは冷める。ルーファスなら、不確かなものに頼らず、己の利となる名家の支援を得る為に政略結婚でもしそうなものだと思っていたのに。

考え込むヒューゴーに、ホリーは少し迷ったように言った。

「ただ、エミリアさまは良い方とは思います。その、性根が優しいというだけではなく、周囲に気を回し円滑に動かそうとしているように見受けられるのです」

「使用人に気を遣う必要はないと、殿下ならそうおっしゃるがな」

ヒューゴーは言いながらも、ホリーの言わんとすることはなんとなく分かっていた。

それは、エミリアの実家の雰囲気に理由があると見ている。

彼女の実家の荘園は、豊かで大らかな空気が流れていた。家族仲も良好で、その振る舞いにも余裕が窺《うかが》えた。だからだろう、エミリアにはルーファスを落ち着かせ、柔らかな雰囲気にさせるものがあるような気がする。

だが家臣一同にとっては、ルーファスにのんびり落ち着かれ柔らかになってもらっても困るのだ。彼にはこれから、最大の山場であり戦いが待ち受けている。

女を求めて腑抜《ふぬ》けになるより、鋭利《えいり》な牙を隠し持っていてほしい。ヒューゴーのように考える家臣は少なくはない筈だ。

ヒューゴーは目の前に居る、いつもは冷静で仕事の出来る侍女を見つめた。

彼女もルーファスに選《え》りすぐられた侍女だけあって、騎士やどこぞの貴族の子息に言い寄られようとすげなく断り、危ういことは一切しでかさない。安心出来る離宮の使用人だ。その彼女が、珍しくエミリアに肩入れするようなことを言っている。このホリーも、エミリアに誑《たぶら》かされた一人なのだろうか。

ヒューゴーの視線の意味に気付いたであろう、敏《さと》い彼女は内心の苛々《いらいら》を隠すようにすっと無表情になって口を開いた。

「話が終わったなら、失礼します」

「ああ、また何かあれば頼む」

ホリーがイラついたことがなんだか少し可笑《おか》しくなったが、笑いは堪《こら》えて真顔を保った。いつもは取り澄ました血統書付の長毛猫が、毛を逆立てているように見えたのだ。

ホリーの退室を見守り、扉が閉まると執務机に着いて事務仕事に戻ろうとするが、思考はルーファスとエミリアに戻ってしまう。

ヒューゴーの父曰《いわ》く、エミリアはルーファスの命を助け手厚く保護したらしい。それ以来ルーファスは一途《いちず》にエミリアを想っていた、と聞く。

だがそれを言うなら、ヒューゴーたち配下の騎士も、ルーファスの命を護り続けてきたではないか。

主を護ることこそ騎士の誉《ほま》れ。ルーファスからはその分手厚い報酬を得ている。だが、金の為だけに仕えているわけではない、とヒューゴーは思う。金が目当てというなら、宰相一派に与《くみ》した方が、今以上の収入を得られるだろう。

これ以上考えると、主への不満になりそうなので頭《かぶり》を振って切り替えることにした。

自分でも、何を求めているのかよく分からない。

再び仕事に向き合おうとすると、呼び出しがかかった。

主であるルーファスからだった。


「少し、いつもとは毛色の違う任務だが……エミリアについて尋ねられた時に流言してほしい内容がある」

「ハッ！」

ヒューゴーは、ルーファスの前では「はい」以外の返事は求められていないとは分かっている。そして教えられた内容は、いつものルーファスらしいと思えるものだった。

それなのに、ヒューゴーはどうしても尋ねたくなってしまった。

「それは本当のことなのですか」

叱責《しっせき》は受けなかったし、無視はされなかった。

だが、ルーファスはふふっと笑って言ったのだ。

「さあな」

全くもって、ルーファスらしくない言動であった。

ヒューゴーは、簡単にはぐらかされたことに心にさざ波が立っていた。しかし、それを表立って言える立場ではない。

ただ、黙って頭を下げ退室する。騎士は主の剣であり盾であり、動かされるべき駒《こま》なのだ。駒は、何かを求めたり考えたりする必要はない。

主に忠実な騎士であるヒューゴーは、どんな命令にでも従うだけだった。


今日も、離宮に閉じ込められたままだ。エミリアはため息をついた。

ルーファスの立太子の儀はもうすぐということで、離宮の中もざわざわとしている。どこに宰相《さいしょう》サディアスの間者《かんじゃ》が居るか分からないし、命を狙われる危険があると言われ、エミリアはこの離宮の中しか自由に動けない。

ルーファスの為に、何かしてあげたいという気持ちはあった。家に帰りたいという気持ちもあるが、危険を押して無理を通すつもりはなかった。一先ず、ルーファスの状況が落ち着いて安全になってからの方がいいだろう。動くに動けない状況では、此処《ここ》で何かをするしかない。

だが、身分の差もありすぎるし国の情勢にも詳しくなく、何をどうすれば良いかは全く分からない。

「……図書室に行くわ」

「はい、お供いたします」

やはり、知識を得て情報を知る為には書物に頼るのが一番だろう。

エミリアは図書室に行くことにした。勿論《もちろん》、一人で移動してはいけないので案内役の侍女ホリーも同伴している。

以前案内されたが、その時はちゃんと中を見ていなかった図書室に足を踏み入れたエミリアはその圧倒的な本の量にため息を吐いた。荘園でも本棚があって少しは本があったが、広い部屋が本棚でぎっしり埋まっているのは凄《すご》い眺めだ。

それも、王宮の図書室とは違いルーファスが個人で集めた蔵書らしい。

嘆息し、中を少し見て回ったが何処《どこ》に何があるのかはまるで分からない。これは、聞いた方が早いだろう。エミリアはホリーに質問した。

「この国の歴史や、情勢が分かる本はあるかしら？」

「はい、此方《こちら》にございます」

本を数冊手に持って、図書室の奥まった場所にある机に置く。そこはひっそりと静かに本を読めるよう、入口から一見しても姿が見えないところにあった。本棚たちによって隠された場所なのだ。

「ここで読むわ。貴女も、えーっと、ホリーも何か座って読めばどうかしら」

妙齢の有能そうな侍女は、首を横に振る。

「いいえ、わたくしはお傍についておりますので」

「そんな、傍でずっと立って待たれていると申し訳なくて気になるわ。それに、集中出来ないもの。そっちに座って頂戴《ちょうだい》。私が動けばすぐ分かる位置だと良いでしょう？」

「ですが……」

「本がこんなにあるんだもの、気になるものを読めばいいわ」

図書室は広く、たくさんの蔵書があった。誰かが来ても、二人が居るとはすぐには分からないし、もし此方にやってくるならホリーはさっと立って控えていたように振る舞えば良い。

そう言外に伝えると、ホリーは深々と頭を下げた。

「お心遣い、ありがとうございます。それではそのようにさせて頂きます」

「ええ。分からないところがあれば、教えてもらいたいわ」

「まあ……そのような、人に教える身分ではございませんので……」

「知っていることがあれば、知らない人に教えるくらいは良いじゃない」

エミリアは屈託《くったく》なく言うが、ホリーは恐縮しきりだった。最初は「ホリーさん」と呼びかけて、それだけはやめてほしいとお願いされたりもしていた。

侍女は何人も居るが、そのうちよく世話をする三人ほどの侍女は名前を憶え呼びかけられる仲になった。しかし、向こうはそれに戸惑いを覚えるようで、あまり仕事以外の話をエミリアとするつもりはないようだ。

王宮の高級侍女と田舎荘園の侍女を比べるのはあんまりだが、ついつい（ジェシカとは大違い）と思ってしまう。ジェシカなら此方が黙っていてもあれこれ話をしてかしましく世話を焼くことだろう。

そんなことを思い出すと、エミリアの心はたちまち荘園に飛んでいく。皆、どうしてるだろう。

ジェシカはお喋《しゃべ》りが過ぎてテレンスに怒られたりしていないだろうか。いやそれより、エミリアのことを心配していないだろうか。観光が長引いているだけと思っていたらいいけれど……。

父母のことをあれこれ思い返していると、ノックもなく図書室の扉が開き、男性の足音らしいドスドスと荒々《あらあら》しい音が聞こえてきた。どうやら、騎士たちが入ってきたらしい。

彼らが本を探しに来たのなら、わざわざ自分たちが居ることを知らせて恐縮させることもないだろう。エミリアは唇にそっと指を当て、ホリーに「しーっ」と静かにするジェスチャーを見せた。

しかし、来訪者たちは本を探すわけではなく、扉を閉めるとその場で立ち話を始めた。

「それで、バイロン殿。話とは？」

この声は、ルーファスの護衛騎士、ヒューゴーだ。彼の父も護衛を務めたし、騎士団一の実力の持ち主らしい。ルーファスと共にエミリアの荘園にやってきたし、騎士の中で中心人物のようだったのでよく覚えている。

バイロンと呼ばれた男のことは知らないが、ヒューゴーとは違う声が話し始めた。

「勿論、殿下が囲っている女性のことだ。聞けば、エルトワ王国の辺境にある荘園の娘とか。わざわざ他国の田舎娘を連れて来て、この大事な時期に侍《はべ》らすとは。殿下も何をお考えなのか」

エミリアのことを話している。こんな風に聞き耳を立てるつもりはなかったが、今さら出て行きにくい。エミリアは思わずため息を吐いたがそれは彼らの耳に届かなかったようだ。

ヒューゴーの声はよく図書室に響いた。

「殿下がおっしゃるには、立太子の儀の際になくてはならない人物、らしい」

「ほう……」

「それから、我が父に聞いたのだが。彼女は八年前のあの毒蛇《どくへび》暗殺未遂の時に、殿下を助けた人物だ」

「ほほぉ、なるほど。証人を出して宰相を糾弾するか、恩人として美談仕立てにするか……何にせよ、駒としては使えそうだ」

なんということを言うのだろう。エミリアはショックを受けた。しかし、これが王宮の中で暮らす者たちの考え方というものだろうか。

衝撃で固まっているエミリアに、ヒューゴーの声は続いた。

「いや……そんなものではないと思っている。現に、殿下は彼女を駒としてではなく寵愛《ちょうあい》されている。離宮の配下には、全て彼女を優先しその身を護る用に指示もされている」

「まさか、本当に女などにうつつを抜かしていると？　こんな時期に！　なんとしても立太子の儀を無事に終えなければ、我ら全員破滅だというのに」

バイロンと呼ばれた臣下は、宰相派と王子派の決着は近くなんとしてもルーファスに政権争いに勝ってもらわないといけないらしい。ルーファスの協力者は、博打《ばくち》のように一発逆転で彼に賭《か》けているような状況なのだろうか。

エミリアが考え込んでいると、ヒューゴーの冷静な声が聞こえた。

「殿下はそのような甘い考えを持つ御方ではない。それは今まで、お傍で見てきたバイロン殿もご存じである筈《はず》」

「それは、確かに。では、一体何故《なぜ》この時期に……ヒューゴー殿は如何見る」

「今まで、殿下は寵愛したものを傍に置いたり、一人だけを重用し大切にした事はなかった。その存在は絶対に宰相一派に狙われ、消されるからだ」

「それは、そうだな……」

そんな環境が当然だなんて。エミリアの心はずきずき痛む。

とにかく、ルーファスが気の毒だった。誰かなんとかしてあげれば良いのに、どうにも出来ないものなのだろうか。勿論、自分に出来ることがあればしてあげたいのだが、どうすれば良いのかも分からない。

エミリアの苦悩をよそに、ヒューゴーは話を続けた。

「つまり、今この時期に寵愛した人物を傍に置くのはわざと狙わせる為のもの。餌《えさ》の役割なのだろう」

がんっと頭を殴られたように衝撃だった。

エミリアのショックを置いて、ヒューゴーたちの話は更に進んでいく。

「おお、なるほど。それなら得心《とくしん》がいく。もしその女が犠牲となったら、徹底的に犯人の背後まで辿《たど》り、黒幕にまで罪を償《つぐな》わせられるだろう」

「ああ。相手から攻められるのを待つだけではなく、弱い点をわざと突かせてそこを待ち伏せ急襲する。なかなか良い手と言えよう」

「今までの、狙われても罪を問えない時期はそろそろ終わりだな。殿下は十分に力をつけてきている。立太子の儀が終われば、今までの宰相一派の悪事も暴《あば》けるだろう」

「その筈だ」

納得したようなバイロンの声は、ホッとしてさえ聞こえた。わけの分からない女であるエミリアが入り込んでいる状況は、ルーファスの臣下たちに不安を与えていたらしい。さもありなんという答えを聞かされたバイロンは、よし、と頷《うなず》いてから口を開いた。

「了解した、ヒューゴー殿。それでは引き続き殿下の警護を頼む。私は古い王室筋にも当たりをつけ、立太子の儀を万全に行うつもりだ」

「ああ」

それで会話が終わり、二人は出て行く。そう思ったが、バイロンという臣下は扉に向かいながらまだ話を続けていた。

「もし今の寵姫《ちようき》の命が助かっても、この件が終われば用済みだな。殿下には身分正しき姫かご令嬢を正妃として頂かなければ」

そして扉がバタン、と閉まって静寂《せいじやく》が戻った。

エミリアには今の会話は衝撃すぎた。本の内容など頭に入ってくるわけもない。

確かに、ショックだ。でも、彼らの話はエミリアの胸にすんなり染み込んだ。

エミリアにだって分かっていた。この離宮はとても快適で、皆がかしずいてエミリアの為だけに仕えてくれる。ルーファスの指示のお蔭だ。

ルーファスだって、何か目的がなければエミリアのような田舎娘を大切にしお姫さまのように扱《あつか》わないだろう。

それが、利用するということだ。ルーファスの世界では当然のこと。

頭では理解出来た。でも、悲しい。

エミリアの心はずたずたに傷つけられていた。その痛みが苦しい。

どうやって図書室から部屋に戻ったのか、ぼんやりとしていて覚えていない。ただ、侍女のホリーが気遣わしげに見ていたことは分かる。

ホリーには下がってもらい、居室で一人になったエミリアはこれから一体どうすべきなのかを考えようとした。本当は家に帰りたい。でも、命を狙われるのは確実だという。制止を振り切り、家にまで辿り着いたらなんとかなるだろうか。

しかし、一人でこの離宮を出るというのは現実的ではない。部屋を出た瞬間に誰かが気付き止めるだろう。

では一体どうすれば。命だけは守ってもらい、無事にルーファスが立太子となれば、お役御免《ごめん》となったエミリアは家に帰してもらえるかもしれない。でも……。

それを考えると、胸が苦しく息が詰まる。此処を出されるのを、ルーファスに追い払われるのを想像するだけで悲しい。

いつの間にか、彼の傍に居て抱きしめられるのが当たり前となっていた。他愛のない話をしながら食事をするのが常になっていた。無理矢理連れて来られ、嫌だったのに。

すっかり情が移って、このままルーファスに優しくされて必要とされたいと願うようになっていたようだ。しかし実際の彼はヒューゴーの言うように、そんな風に甘いことばかり言う人ではないだろう。

冷徹《れいてつ》な施政者。人の上に立つ者。

智と策でもって、国の全てを手に入れようとしている。

常識的に考えて、そんな人がエミリア如《ごと》きの普通の娘を大事にするわけがない。彼らの言っていた、この大事な時期に……。

あれこれ考えていると、時間はかなり経っていたらしい。

「エミリアさま、夕食の時間ですが……」

気が付けば、ホリーが食事の用意が出来たと呼びに来ていた。恐らく、ノックしても返事がなかったから心配して入ってきたのだろうが、彼女が入室したのもまるで気付かなかった。

そっと気遣うような表情なのが、申し訳ない。エミリアは気丈に振る舞った。

「あら、もうそんな時間なのね。寛いでいたから気が付かなかったわ」

「はい。本日は殿下も同席されるとのことです」

「……………」

エミリアの胸がズキッと痛んだ。

彼にどう振る舞えば良いのだろう。責め立てる？　泣き喚《わめ》く？　それとも真意を問いただす？

どれも、出来ないと思う。もしそんなことをして、彼が本当だと認めたら、エミリアの心はぽきりと折れてしまい立ち直れないだろう。

真実を見つめる勇気がないなら、いつもと同じように振る舞うしかない。エミリアは通常通りを心掛け、彼との食事の場であるダイニングに出向いた。

「やあ、エミリア。今日もなかなか時間が取れなくて、やっと食事を取れる。君と共に時間を過ごせるのは嬉しいよ」

「ええ……」

普段通りなら、いつもはどんなことを話していただろう。お互い、他愛のない話ばかりしていたと思うが、今は何を言って良いか思いつかない。

言葉少ないエミリアに、ルーファスが話を聞かせてくれた。

「今日は儀式の中で重要な宣言をする遠い親戚、三代前の王の弟君と会ったがな……まあ年寄りは話が長い。早く要点を述べろ、と言うわけにもいかず参ったよ」

「そうなの。未だにご健在なのは凄いわね。おいくつの方なの？」

上手く返せた、と思う。

こんな風にルーファスは、言える範囲で今日あった話を面白おかしくしてくれる。いつもは、エミリアも自分のしたことを話していた。

「恐らく九十近い。長寿なことだ。俺たちもあやかりたいものだな」

「っ……私は……」

そうやって未来を共に過ごしているかのようなことを言われると、自分はその時どうしているのだろうと考えてしまう。エミリアは俯《うつむ》いてしまった。

「エミリア？」

「え、ええ……私の方は、今日は……」

今日は図書室に行って歴史の本を少しだけ読んだ、そう言おうとして、でも図書室に行った話をしても良いのかと口ごもる。それを言うと、ヒューゴーの話をエミリアが聞いていたと分かるかもしれない。

エミリアがなんと言ったものかと考え込んでいると、ルーファスは手を振って合図をした。するとと給仕や侍女、控えていた使用人たちが一斉に部屋を出て行く。人払いをしたのだ。

エミリアが、皆の動きを追ってきょろきょろしているとルーファスが行儀悪くテーブルに肘《ひじ》をついた。そして足を組んで尋ねる。

「それで？　どうしたのかちゃんと教えてもらおうか」

「どうしたのかって、別に……」

エミリアがヘタな嘘をつくと、ルーファスが低い声を出す。

「エミリア、こっちを向くんだ。さっきから全然俺の方を見ていない」

「………」

その通りだった。知らず知らずのうちに彼の顔を見られず、視線を避けてしまっていた。のろのろと顔を上げてルーファスを見ると、彼は笑みを浮かべているものの、それはいつもの優雅で優しいものではなく、凄みを感じさせる怖い笑顔だった。

どうやら彼は怒っているらしい。

「俺は今までずっと、人の本心に隠されたものを看破《かんぱ》し、嘘吐きの嘘を利用するような生活をしていたんだ。エミリアのような正直者が隠し事をしたところで、すぐに全部暴いてみせる」

「う……」

「俺が本気を出して調査する前に、自分で言ってくれ」

「…………」

一体、何をどう言えば良いのだろう。話を聞いてしまったのも偶然なのに、ヒューゴーたちについて言い付けることにならないだろうか。

でも、ルーファスのこの鋭い切り込みを躱《かわ》せる方法など、エミリアには思いつきもしなかった。

逡巡《しゅんじゅん》するエミリアに、ルーファスは今度は懐柔《かいじゅう》するような優しい声を出す。

「君のことが心配なんだ。俺は何よりも君を大切に思っている。困ったことがあるならなんでも言ってほしいし、誰かに傷つけられたというならその者を容赦はしない」

だって、でも。

エミリアの胸に様々な想いがない交ぜになって、そしてぽろりと涙と共に言葉が零れ出た。

「どうせ捨てるなら、もう優しくしないで……」

ルーファスが少し驚いた顔になった。そして、すぐにエミリアの手を引っ張って椅子から立たせると、自分の膝《ひざ》の上に乗せてしまった。ルーファスの膝の上で横向きに座らされ、抱きしめられる。

エミリアの顎《あご》を持って自らの方に向かせたルーファスは、笑みを引っ込め真剣な表情だった。

「どうしてそんな結論に至ったか、全て話してくれ」

「…………」

「そんなことは絶対にないと断言しておく。前にも言った通り、君を婚約者として周知させ立太子の儀で婚礼を発表するのだから。エミリア、君は俺と結婚して王妃となるんだ」

ルーファスの言葉に、エミリアは涙混じりに想いを吐露《とろ》した。

「だって、そんなの……信じられないの。私はただの田舎の普通の人間だから……貴方《あなた》のような人にそんなこと言われる方がおかしいと思ってしまうの。まだ、利用されている方が分かるのよ……」

「急にどうしてそう思うようになった？　それを教えてほしい」

ルーファスはぎゅっとエミリアを抱きしめて言う。この温かさを、温もりを手放したくない。本当に、彼の言うことを信じて良いのだろうか。エミリアは震《ふる》える声で言った。

「私はエサだって……わざとルーファスの敵に狙わせる為に寵愛されているって……聞いてしまったの」

すぐに否定してほしい。その気持ちでぎゅっと彼にしがみつくが、ルーファスは特に驚きもせず「ああ」と言った。

「それを耳にしてしまったのか」

「……！」

それでは、その話が本当だと言っているようなものではないか。エミリアの胸が軋《きし》み、涙が溢《あふ》れ出た。しかしルーファスは優しい笑顔になって指でエミリアの涙をぬぐう。

「泣くな、エミリア。その表情も可愛《かわい》いが……わざと流している偽の情報で君を傷つけるのは不本意だ」

「わざと……偽情報？」

思わぬ単語に、小首を傾げ聞き返すとルーファスは頷いた。

「そうだ。離宮の守備には気を付けているしこの中は安全だ。しかし、どうしても情報を売る間者《かんじゃ》の存在は防げない。監視の目は従者の家族や騎士の召使いにまで及んでいる。それで俺はわざと情報を流させた。エミリアは狙わせる為にわざと手元に置いている、と」

「その情報を、流したらどうなるの？」

エミリアには情報戦の仕掛けも結果も分からない。素直に尋ねると、ルーファスはエミリアの唇を親指の腹でなぞりながら口を開いた。

「敵はエミリアには手を出さない。あえて罠《わな》に飛び込むことはないと判断するからだ」

「そうなの……？」

彼がそう言うならそうなのかな、と思う。唇を指でなぞられ、ぞくぞくとしてしまいながらエミリアはルーファスを見つめた。

「可愛いエミリア。そうやって悲しんで泣くのは俺の傍から離れがたいからか？」

「それは……っ、違うわ。だって、利用されて捨てられるのは辛いもの。貴方とは仲良くなったと思っていたから……」

語尾が小さくなってしまう。言ったことは嘘ではない。けれど、エミリアは自分の気持ちがよく分からなくなっていた。

ルーファスのことは嫌いではない。

けれど、恋や愛というもので語れるかと言えば、分からない。

目を伏せると、ルーファスは顎を摑んで無理矢理顔を上げさせ、視線を合わせてきた。

「仲良く、か。まあ良い。以前言った通り、君の気持ちも意思も関係ない。俺は君が欲しいし、傍に置きたいからそうするだけだ」

「……どうして、私なの」

ついに、聞いた。今まで、聞きたかったけれどなかなか聞けなかったことを口にしたのだ。

エミリアはドキドキとして緊張した。

エミリアにとっては、たまたま蛇に咬まれていたところを助けただけなのだ。それをこんなに望まれるというのが不思議で仕方ない。一体、何があるのだろう……。

その問いに、ルーファスはふっと笑って言った。

「そうだな……簡単に言うと、あの日、俺は誰より信頼していた人物に裏切られた。森の奥深くに蛇を誘うエサと共に置き去りにされたんだ。腹心の侍女と思っていた人は宰相一派の暗殺者だった」

「そんな！　あれは、事故ではなかったの……」

初めて聞く話に、エミリアの胸はまた潰れそうに痛む。

あの時の彼はエミリアより年下かと思うほど、細く小さな身体だった。あんな可憐《かれん》な少年を、暗殺しようとするなんて……。

エミリアの気遣うような視線を、ルーファスは笑みで受け止めた。

「そうだ。そして君と出会った。俺の身分も立場も知らないのに、懸命に助けてくれた。どうして助けてくれたのかを聞いた時、当然だと言っていた」

「え、ええ……それは、当たり前のことだし誰でもすることだと思うわ……」

「それは違う。俺の周りでは、少なくともそんな人は居なかった。君だけだ、君だけなんだよエミリア」

ルーファスの思い込みのような言葉は、呪縛《じゅばく》のようにエミリアを縛りつけていく。

エミリアは必死に否定した。

「そんなことは……ジェシカも一緒に助けてくれたじゃない。もし、私じゃない他の誰かが見つけても、皆助けてくれた筈よ」

そんなエミリアの取り成しをルーファスは首を横に振って否定した。

「それなら手遅れになって助からなかったかもしれない。誰も見つけてくれなくて哀《あわ》れな身元不明の死体になっていたかもしれない。けれど、現実には君が助けてくれた。裏切られ、身も心も傷ついた時に現れたエミリアに、俺は蘇《よみがえ》らせてもらったんだ」

「大袈裟《おおげさ》よ……」

「君ほど献身的で、優しい人を俺は知らない。絶対に手放したくはない。逃がさないよ、エミリア」

「……っ」

彼の言葉に、エミリアはまるで鎖で縛られたように動けなくなった。彼の凄みは並大抵のものではない。こんなに重く、きつく想いをかけられると、少し恐ろしくも思う。

けれど、彼に抱きしめられ、髪や額に口付けられると甘美《かんび》な心持ちになる。もし今すぐに出て行けと、お前は用無しだと言われたらきっと傷つき悲しい想いになるだろう。

エミリアは、彼の抱擁《ほうよう》に応えてぎゅっと抱きついた。

「エミリア？　そんなことをするなら、俺の傍に居ると同意したと見るよ」

「ええ……」

「エミリア、本当に？」

ルーファスはエミリアの顔を覗き込み、その瞳から気持ちを読み取ろうとするかのようにじっと見つめている。エミリアはこくりと頷いた。

「此処に居るわ。貴方と共に……」

ルーファスは満足そうに笑みを浮かべた。

彼が『もういい』と、用無しだからこの離宮から出て行くようにと、そう指示するまでは傍に居よう。エミリアはそう決心したのだった。

たとえ、最後に手酷く捨てられたとしても。


翌日、エミリアは一人で部屋に居た。

ルーファスは昨日、エミリアの身は必ず護ると言ってくれていた。この離宮に居る限りは安全だと、警備についても説明してくれた。

その真摯《しんし》な態度は、エミリアを傷つけようとはまるで考えもせず、ただ大切にしてくれているようだった。

だが、エミリアが動けば警備も動かなければいけないし、離宮に勤める者たちにとってはイレギュラーな対応になり大変だろう。

ルーファスは『使用人に気遣う必要などない』とにべもなかったが、立太子の儀までもう数日しかないのだ。終わるまではじっと大人しくして、余計なことをしないに限る。

図書室の本をホリーに借りてきてもらい、エミリアはそれを読んで部屋から出ずに閉じこもろうと思っていた。

こんこん、とノックの音が聞こえた。

「はい」

エミリアは簡潔に答える。誰か、侍女か使用人かが用のある時にもこうやってノックしてくるからだ。

「失礼いたします」

掛け声と共に入ってきたのは知らない男だった。

立派な身なりで良い服を着ている。身分卑《いや》しくない人であることは間違いないだろう。それに、声に聞き覚えがある。どこで聞いたのだろう……。

そう思って見ていると、男は一人ではなかった。騎士団であろう揃いの制服を着た兵たちを引き連れて入室してきたのだ。

エミリアはたちまち警戒して彼らを見つめた。男はエミリアを見据《みす》え口を開いた。

「私はルーファスさまのお側仕えの一人、バイロンである。貴女をとあるお方の許へ連れて行くことになった」

「そのことを、ルーファスは知っているのですか」

「勿論」

全く信じられなかった。

そうやって、ルーファスの政敵の許へ連れて行こうとしているのではないか、そんな風に疑ってしまう。エミリアは首を横に振った。

「お断りします。私はこの離宮から出ません。ルーファスと直接話をさせてください」

「そうですか。素直に言うことを聞いて頂けないなら実力行使も仕方ない。おいお前たち、この娘を連れて行け」

「……！」

兵たちが駆け寄ってきて取り囲まれる。そうなると、エミリアには抗《あらが》う術はなかった。必死に頭を働かせ、状況を整理して考える。

このバイロンという男は、図書室でヒューゴーと話をしていた。エミリアのことを尋ね、彼女がエサであると聞かされている。

そのエミリアを狙うということは、エサに釣られて攻撃してみるということだろうか。ルーファスは裏を読んで狙われないだろうと予想していたが、敵は裏の裏をついてきたのかもしれない。

だが、エミリアが危害を加えられたというのはルーファスの陣営にとっては攻撃材料になって有利、というのは本当の話だろう。ルーファスはあの調子で悲しんでくれるだろうが、しかし王座の争いの前ではささいな事柄だ。

それに、こうやって囲まれてしまえば連行されるしかない。

あとは、ルーファスが上手く立ち回ってくれることを祈るだけだ。万が一にも気付いて助けてくれたら、とてもありがたいのだが。

エミリアはそんな風に考え黙ってついていくことにした。


離宮を出たのは久々だった。

車寄せではない、別の出口の扉前にあった馬車の中に入れられたが、馬車の中は窓を閉め切られ中から外は見られなかった。

ほどなくして、馬車が止まって降りるよう促《うなが》される。此処でも入口の目の前に停められていたので、建物の全景も見えないが離宮からそう離れては居ないだろう。

バイロンが先導し、エミリアが後をついてその背後を兵たちが固めている。エミリアは大人しく案内されていった。

豪華な建物の中らしく、廊下も広く素晴らしい造りだ。エミリアが入るよう促されたのは、一際大きな扉の前だった。

「連れて参りました」

バイロンが恭しく声をかけると、内側から扉が開かれた。

入室したエミリアが見ると、奥のソファに一人の男が座っていた。

ルーファスと同じ銀色の髪に水色のような蒼の瞳だ。ルーファスより年齢を重ねた落ち着きはあるが、その美貌《びぼう》はまるで損なわれず、逆により魅力的になっている。とても美しい男性だった。

ルーファスとそっくりということは、血縁関係があるということだ。では、この人こそがルーファスの叔父《おじ》であり敵の宰相だろう。エミリアは立ったまま、彼は座ったまま話は始まった。

「君か、ルーファスを骨抜きにした命の恩人というのは」

「…………」

骨抜きになんてしていない、そう反論したかったがぐっと耐えた。何を言って良くて、何が駄目なのかまるで分からないからだ。黙っていると、彼は続けた。

「何年も前に助けたらしいが、まさかあいつがここまで女に入れ込むなんて聞いたことも無い。誰も想像さえしなかった筈だ。私も未だに信じられない。どんな手を使ったんだ？」

「…………」

「答えろ」

怖くて、身体が勝手に震える。

こんな風に、大人の男性に威圧的に凄まれたことなんて今までになかった。詰問《きつもん》されたこともない。

それに、背後には女一人など簡単に殺せる兵たちが居るのだ。平常通りに居られるわけがない。エミリアは上擦《うわず》る声で必死に答えた。

「わ、私は……何も、していません。使った手なんて、ありません」

「ふん、そんなわけがない。何年も前に助けたといっても、ただそれだけであいつがこんなに君に入れ込むわけがない。あいつは利用価値がなければ、会って話すことさえない男だ。君にはどんな利用価値があるんだ、エミリア・フローレス」

名前を調べられている。フルネームで呼ばれるとは、徹底的にエミリアの背後を洗わせ、その調査報告書を読んで覚えているのだろう。

エミリアは更に慎重に、考えながら言葉を紡《つむ》ぐ。

「そんなわけがない、入れ込むわけがない……随分《ずいぶん》よくご存じなんですね、ルーファスのことを」

「勿論。彼が生まれた時から見守っていた。全ての動向は把握しているよ」

「そんな方でも分からないのに、わたくし如きが分かる筈もございません。全てはルーファスの思うままに……」

エミリアがへりくだって答えると、その男は不敵な笑みを浮かべた。

「分からないから聞いているんだよ。君も分からないなら、こうやって直接尋ねるべき価値はないということかな？」

暗に、用無しは始末すると言っているような気がする。エミリアの身体は震えた。

エミリアには、なんの知恵も武力も、はったりだけで場を乗り切るような度胸もない。ただ普通に暮らしていた田舎の善良な人間なのだ。こんな豪華な部屋で権力者に責められるだけで声が上擦り涙が零れそうになる。

それでも、今ここを切り抜けなければ。そして不吉なことで、考えたくはないが、もしここでエミリアの身に危害が加えられてもルーファスにはきっと役立つ筈だ。

エミリアの今の拠《よ》り所《どころ》はルーファスしかない。一番助かる可能性があるのは、ルーファスが気付いて助けに来てくれることなのだから。

彼のことを思い浮かべながら、エミリアは口を開いた。

「直接尋ねるべきなのはルーファスに、でしょう。どうか彼をお呼びください。その問いにルーファスなら直《す》ぐお答え出来るでしょうから」

上手く切り返せた、と思う。

心臓の鼓動が頭から鳴っているように、緊張でドキドキと鳴り響いている。それでも、ここで泣き喚いたり取り乱したりしてはいけないと、エミリアは必死に己を奮《ふる》い立たせた。

男はソファにふんぞり返っていたが、ふっと笑って立ち上がり、ゆっくりとエミリアの方に歩いてきた。

「それでは君の事を直接、君自身に尋ねることにしよう。君がルーファスの傍に居るのは何故だ。金か。それとも王妃にしてやると甘言で誑《たぶら》かされたか。残念だが、君のような他国出身の身分も後ろ盾もない娘は王妃になどなれないよ」

「っ……」

「愛人で良いというなら、国内に置いてやってもいいが。ルーファスが王妃を迎えたら離宮にも居場所はない。どこか郊外の館にでも移って、彼が来るのを待つ生活になる」

「…………」

どうして、ルーファスそっくりの整った顔立ちで、こんなに意地悪なことを言って責め続けるのだろう。

エミリアは唇を噛みしめ必死に泣き出すのを堪《こら》えようとしていたが、勝手に涙が溢れてきた。

その間にもエミリアの周囲をわざとらしくゆっくり歩きながら、男は話を続けた。

「その場合、そんなに裕福な暮らしは出来ない。君が街に出掛け買い物をしたり、商人を呼びつけ品物を得たりする度に、ルーファスが批判されることになるからだ。愛妾《あいしょう》に贅沢《ぜいたく》をさせる愚《おろ》かな王太子、とね。もし金目当てなら、今私が君にまとまった額を払おう。だからこの国から出て行くと良い」

「で、出ては、行きません……」

「おやおや、どうしてかね。言った通り、今出て行った方が金になる。それに身分についても期待なんて出来ない。愛人として惨《みじ》めに、正妃さまに気を遣いながら生きていくことになる。君の利益は何もない」

嫌味たらしく話す男が、エミリアを覗き込む。エミリアは、涙を零しながらも目を逸らさず、一生懸命に言葉を紡いだ。

「利益なんて、関係ありません……っ、私は、ルーファスに寄り添いたいだけです……」

泣きたくないのに、ぽろぽろと涙が溢れる。それでも、しゃくりあげたり声が裏返るのを必死に堪えようと、エミリアは息を押し殺しながら気持ちを落ち着かせようとした。

だが、男の言葉での虐《いじ》めはまだ止まらない。

「ふーん、金目当てでも身分目当てでもないと、そう言い張るか。それでは、君の実家とルーファスなら、どっちが大事かな？」

「っ……」

何を言い出すのかと、零れる涙はそのままに目を見開くエミリアに、ルーファスそっくりの美貌の男は口撃を止めない。

「君の実家の荘園は、エルトワ王国と我が国ヴィレカイムの国境近くにある。もし君がエルトワからの密偵や間者の類だって噂《うわさ》が立ったら、まず荘園に我が国の兵が出向くことになる」

「っ……」

それは、兵を差し向けるから早く帰れということなのだろうか。父母が、荘園が危ないかもしれない。

エミリアの足と身体は震え、益々涙が零れ落ちた。

「そうならない為にも、家族が大事なら帰った方が良いんじゃないか」

「そ、それでも、帰りません……」

「それは、どうして？」

男の問いに、エミリアは泣きながら答えた。

「私が帰る時は、ルーファスが帰るようにと言った時だけです」

「ほうほう、それは。では、両親より男の言うことを聞くということかな。もし兵が攻めてきても仕方ないことだと、その思いで此処に居座ると」

「……っ」

もう涙が止まらない。エミリアは泣いてしまって、何も言えない。

父母にはちゃんと連絡をして、そしてそもそも自分が密偵ではないと証明しなければ。

ちゃんと言い返して、落ち着かなければいけないのに。

それなのに、涙が出て息が出来なくて、言葉が出てこない。

自分自身に失望し、途方に暮れていると突然扉が開き風が吹き込んできた。そして声が聞こえる。

「荘園にはシリルという目端《めはし》の利く者を置いてあります。荘園の中に妙な輩《やから》が潜《もぐ》り込んでいないか調べ、そしてもしもの時には国境近くの別邸に鳥を飛ばし連絡を付けるようになっています」

「ルーファス……」

男が呟《つぶや》く。やってきたのはルーファスだった。すぐにエミリアを抱きしめ、そして宥《なだ》めるように囁《ささや》く。

「だから荘園は無事だ。泣くな、エミリア」

「っ、っ……ルーファス……っ」

もう涙が止まらない。エミリアはルーファスに抱きしめられ、その胸の中で泣きだしてしまった。彼の温もりにホッとして、色んなものが決壊してしまう。

こんな風に駆けつけて守ってくれる彼に、縋《すが》りつかずにはいられなかった。

ルーファスはエミリアを抱いて慰めていたが、すぐに顔を上げ男を睨《にら》みつけた。そして抗議する。

「どういうつもりですか、父上」

その言葉に、エミリアは驚いた。父上、ということはこの国の主ということだ。てっきり、ルーファスの政敵である宰相だと思っていたがどういうことだろう。彼もルーファスの味方ではないのだろうか。

ぎゅっとルーファスの手を握ると、彼は安心しろというように髪を撫《な》でてくれる。

国王は悪びれもせず豪華な椅子に座ってから口を開いた。

「ただ話をしていただけだ」

「有無を言わさず連れ去って、後ろに兵を置いてですか」

「窮地《きゅうち》にこそ本音が出るものだろう。それに、何が目的か聞いておかないと、どこからか潜り込んだ女狐《めぎつね》ということもある。あのなんとかいう侍女のように」

父王の言葉にルーファスがぴくりと反応した。しかし、事もなげに言い返す。

「それを確かめるのは貴方の仕事ではない。何を今さら、他人のことに口出ししているのです。貴方は今まで通り、お飾りの王として玉座《ぎょくざ》にただ座っていればいい」

父も父だが、ルーファスもなかなかだ。

辛辣《しんらつ》な言葉を父に投げかけ、エミリアを伴って部屋を出て行こうとする。その背を王が止めた。

「それがそうもいかなくなった。立太子の儀で事が起こり、暗殺されるという計画があるらしい。我ら二人ともに、だ」

「……！」

エミリアはびくりとして息を止めた。

しかしルーファスは平然としている。

「へえ、王の許にも未だに情報を持ってくる者は居るんですね。勿論、此方でも把握しています。どうぞご心配なく。切り抜ける為の用意もしておりますので」

それは、ルーファスだけが助かり父王の為の用意ではないと言外に匂わせていた。こんなにも親子関係が冷えきっているのも、王宮生活のせいなのだろうか。

エミリアは俯いて、せめて自分が居る間はルーファスに温もりを与えたいと思う。

父王がさらに言う。

「まあ聞け。双方の情報をすり合わせるだけでなく、今後の対応も協力した方が良いだろう。話をすべきだ」

確かに、それはそうかもしれない。しかしルーファスはにべもない。

「エミリアを泣かせるような人は信用出来ません」

「私が少し圧迫しただけで折れて逃げ帰るようなら、所詮《しょせん》はすぐに去る女だ。しかし、彼女は残ると言った。結果的には気持ちが分かって良かっただろう」

「私と話をしたいなら、エミリアに謝罪を。そして、正式に招待してください。俺たち二人ともです」

どうやら、エミリアが攫《さら》われ泣かされたことに随分怒っているらしい。父王は肩をすくめて、軽い調子で請け負った。

「分かったよ。やあエミリア、悪かったね。しかし君の泣き顔はなかなか可愛らしい」

「父上！」

「それから今晩、夕食に招待したいんだが来てくれるかな？」

エミリアに尋ねているので、おずおずと答える。

「ルーファスが良いなら」

「分かりました、父上。それではまた、夜に」

扉の外に出るとヒューゴーを筆頭とする騎士たちが控えていた。彼らに先導され、二人は離宮へと戻ったのだった。


「可哀《かわい》そうに、怖かっただろう」

二人の部屋に戻るなり、ルーファスはエミリアを膝の上に乗せ、抱きしめたり髪を撫でたり、甘やかす。それはなんと心地好いのだろう。半ば陶酔《とうすい》して身を任せてしまう。

本当に怖かったし、今も思い返すと恐怖に身体が震える。だから、この温もりに守られていると思うと離れがたく、しがみついてしまうのだ。

しかし、ルーファスは額にキスをすると言った。

「王宮での食事会で、夜に時間を取られることになってしまった。それまでに片付けなければいけないことが多数ある。俺は戻るよ」

「ええ……」

「そんな心細い顔をされると離れがたいが……食事会までに好きなドレスを着て、一番似合うものを選ぶと良い。何着か作らせてある」

そうだ、国王に招かれての夕食だ。宮中晩餐会《ばんさんかい》と言っても過言ではないだろう。今さらながらに、大変なことになってしまったような気がする。それに……。

「顔を、洗わないと。私、顔がぐしゃぐしゃで見られたものじゃないわ……」

さっき泣いてしまったことが恥ずかしく、俯いて言うとルーファスはくすりと笑った。

「大丈夫だよ、エミリアは泣いていても可愛い。泣かせたのがあの父上だというのは癪《しゃく》に障るが。まあそれはいい。ホリーに全て任せるといい。先ほどもなかなか良い働きをしてくれた」

「ホリーが？」

エミリアの質問に、ルーファスは頷く。

「君が連れて行かれたと、俺の許まで走って知らせに来たんだ。火急の場合は直接来いという指示をしてあったのが良かった」

それは指示が良かったのではなく、ホリーが必死に走って伝えてくれたのが良かったのだ。

エミリアは胸が詰まった。

「まあ……それは、ホリーのお蔭だわ。後でお礼を言わないと」

「そんな必要はない。指示された通りにしただけだし、働いた分の報酬はきちんと払ってある。それに、お蔭というなら俺が助け出したからと思ってほしい」

最後の一文は、少し拗《す》ねたように聞こえたのでエミリアは思わず笑みを漏らした。

「勿論、貴方に一番感謝しているわ。ありがとう、ルーファス。本当に、助けに来てくれて嬉しかったわ。でも、ホリーにもお礼を言うことは大切なのよ。報酬とは別に」

「それではエミリア、俺にも褒美《ほうび》を」

ルーファスから何かをねだられてしまった。エミリアは彼に抱きつき、唇にちゅ、と軽いキスを贈った。自分からキスをしたのは初めてだ。でも、素直に出来た。彼に触れたいという気持ちが自然に表面に出たのだろう。

一方的に助けられ、庇護《ひご》されるだけではなく、エミリアの方からも何かしたいと思ったのだ。

するとルーファスの方からも軽いキスをちゅ、ちゅと仕掛けてきた。それはすぐに深いキスへと変わっていった。

「んっ……ぅ……っ」

部屋にはエミリアの抑えた喘《あえ》ぎと、二人が舌を絡め合うぴちゃぴちゃという音が響く。どうしてこんなに気持ちが良いのか分からない。ルーファスに舌先をくすぐられ、咥内をねっとり舐められると声が出るほどの快感に襲われる。お腹の奥が疼《うず》き、蜜が溢れてくる。

しばらくエミリアとの接吻《せっぷん》を楽しんでいたルーファスだが、切なげなため息を吐いた。

「時間がないのに、こんなことをしている場合じゃない」

「んっ……そうね、公務に戻るのね」

名残惜しいながらも、彼を引き留めることは出来ない。エミリアは彼を見送ろうとした。

が、ルーファスは予想外のことを言った。

「そうだ、時間がない。だから手早く済ます。ゆっくり可愛がるのは後だ」

「え……あ、ルーファス、それは……っ、きゃっ」

ルーファスがエミリアのドレスの胸元を引っ張り、下着ごと下にずらす。エミリアの豊かな胸がぷるんと零れ出た。慌てて胸を隠そうとするエミリアだが、ルーファスの手はそれを阻止した。そして、片手の手の平で擦るように愛撫《あいぶ》しながら、もう片方の胸の先端を口に含んだ。

「あっ、あぁっ……やだぁ、ルーファス……お仕事は……んっ」

手の平で胸の突起を転がすように触れられるだけで背がしなる。キスされている方の胸はちゅうっと吸ったかと思うと舌先でつつかれ、甘く噛まれ、エミリアは思う様に彼の膝の上で乱れた。

「こんなに潤んだ瞳で誘われて、このまま行けるわけがないだろう」

ルーファスがそう言ってスカートの中に手を入れた。その手が迷いなく足の間に触れそうになるのでエミリアは慌てて腿《もも》をぎゅっと閉じた。

「だ、ダメ……」

「エミリア、そんな顔で言っても効き目はない。俺を煽《あお》った責任は取ってもらう」

「あ、煽ってなんて……ぁんっ」

反論しようとすると、胸の先端を指で摘《つま》まれ弄《いじ》られる。身体がびくりと反応している間に、彼の手は下着に触れてしまった。

「濡れてる」

「やっ……やだ……」

端的に反応を指摘され、エミリアは恥ずかしくて真っ赤になり、また涙目になってしまった。

ルーファスは拒否の言葉には耳を貸さず、下着をずらし脇の部分から指を侵入させてきた。たっぷりと濡れた蜜口に指を触れて滑りを良くすると、そこからエミリアが一番感じる尖《とが》りへと撫で上げた。

「あっ、其処《そこ》は……っ」

「ほら、もういっぱい感じてる。濡れてるし、ここ、大きくなっている」

そう言って、尖りをぬるぬると撫で回し、不意にくっと押し潰すように軽く力を入れて小刻みに動かす。エミリアは簡単に上昇させられていった。

「ふぁっ、あぁっ……も、だめぇ……っ！」

ルーファスによって快楽を教え込まれた身体は、すぐ頂上に向かおうとする。しかし、彼の指はすっと離れていった。

「この体勢のまま挿《い》れると、君に動いてもらわなきゃいけなくなる。エミリア、上に乗って動けないだろう？」

「あ……え、え……？」

「それはまた今度、お楽しみに取っておくよ。膝から降りて。そしてそこの机に座って」

エミリアが言う通りにすると、ルーファスはなんと、机の上に座るよう指示した。

「で、でも……机の上は座る所では無いわ……」

エミリアが零れ出た胸元を覆いながら戸惑っていると、ルーファスはエミリアのスカートを捲り上げ、下着を足首まで下ろしてしまった。

「はい、足を上げて。こっちの足から」

「ル、ルーファス……っ」

足首に濡れた下着が纏《まと》わりつく状態に、エミリアは顔を真っ赤にして動けない。それを良いことに、ルーファスは片方ずつ足を上げさせ下着を脱がせた。

一国の王子ともあろう者が、女の足元に跪《ひざまず》いて下着を脱がせるなどそんな、とエミリアは動揺したままだ。

ルーファスはすぐエミリアを腰の高さほどある書斎机の前に抱いて連れて行く。そして、其処に座らせ自分は目の前に立った。

いつもは見下ろされているエミリアが、同じ目線の高さになった。ルーファスはちゅ、と口付けるとエミリアが足を閉じられないよう両脚の間に自らの胴をねじ込んだ。

「あ、あの、ルーファス……本当に、こんな場所で……」

「時間が無くてすまない。埋め合わせは夜、ベッドでするよ」

そう言って彼はエミリアのスカートを容赦なく捲《めく》る。腿までのストッキングと、それを止めるガーターベルトが日の光の下に晒《さら》され、エミリアは動揺した。明るい時間にカーテンも閉めずにこんなこと、良くないと思ったのだ。

それだけでもエミリアには精一杯なのに、ルーファスは更に、その場でしゃがんで、エミリアの足の間に顔を近付けた。そして迷いなく、花芯《かしん》に口付けを始めた。

「あっ、あっ、んっ……ルーファス……っ」

敏感な尖りに舌を這わされ、舌先が上手く包皮を剝《む》いて陰核を剝き出しにしてしまう。其処をちろちろと優しく舐められ、エミリアの腰は揺れた。

身体がぐらつきそうになったので、咄嗟《とっさ》に手の平を後ろについて支えた。それで安定したのを上手く使い、ルーファスは秘所を剝き出しになるまでスカートを捲って、襞を指で割り開いた。そのまま陰核を唇に含み、舌と唇で愛撫しながら蜜口に指をつぷりと挿れた。

「ひゃぁっ……んっ、あぁっ！　あ、それ、もぉ……っ」

またすぐに頂上に向かいそうになる身体を、ルーファスは上手く制して焦《じ》らし始めた。快感を更に得たいと思えるところまで高めてから、愛撫を止めてずらしてしまう。

「ルーファスぅ……っ、そんなの、駄目ぇ……っ」

エミリアの腰は揺れ、浅いところで遊ばせる指を奥に取り込もうと締めつける。ルーファスは楽しそうに、そして意地の悪そうな笑みを浮かべた。

「このままずっと焦らし続けて、君がおねだりするのを聞いていたい。しかし、時間がない。俺のでイってくれ、エミリア」

ルーファスは口元を拭《ぬぐ》って立ち上がった。そして下衣をずらし、猛った自身を取り出す。愛液《あいえき》が潤い溢れている蜜口に宛がうと、ゆっくりと挿入していった。でも、奥までは挿れずに肉棒の半分くらいまでの深さにゆるゆると沈めた後、またゆっくりと引き抜いていく。

「ふぁぁっ……」

侵入され中を突き進まれる感覚も、それがずるりと抜かれる感覚も、エミリアに震えるほどの快感をもたらした。手を後ろについて仰け反り、喉を震わせるエミリアにルーファスは囁く。

「エミリア、こっちを見て。俺たちが繋がっている部分を」

スカートは全て捲られ、二人の結合部も晒されていた。エミリアが視線をそちらにやると、ずぶずぶとルーファス自身が中に入っていく。けれど根元までは挿れずに、途中で止めると彼は腰を引き先端が見えるほどまで抜いてしまう。

「はぁっ、んんっ……や、やだぁ……っ」

こんな淫靡《いんび》な風景はなかった。濡れててらてらと光った肉棒が、ゆっくりと自分の中に挿れられては出て行く。それを陽の光の下、お互い服を着たまま局部だけ晒して見ているのだ。気持ち良くて、恥ずかしくて、エミリアの中はきゅんきゅんと引き攣《つ》った。

「くっ……エミリア、そんなに締めて誘うな。これでも、激しくならないよう自制しているんだ」

前に、奥まで突かれて痛がったエミリアのことを覚えて気遣ってくれているのだろう。その気持ちが嬉しくて、エミリアの奥が疼いた。

ルーファスに、満たされたい。

確かに、いきなり挿れられた時は痛かったけれど、その後は、奥を突かれると痺《しび》れるような快感が全身に走った。あの時のことを思い返すだけで、また中のルーファスを締めつけてしまう。

ゆるゆるとその辺りを刺激して、反応を確かめる。

「先に、イかせてやる」

そう言うとルーファスはエミリアの中の一番感じるところまで肉棒を押し進めた。ゆるゆるとその辺りを刺激して、反応を確かめる。

「あっ、そこは……っ、ひぁっ、んんぅ……っ」

そこを擦られると、先ほどから疼いていた快感がまたすぐ上昇していく。

机に座りながら腰を揺らし、其処をひくつかせるエミリアを見て、ルーファスは小刻みに腰を動かし始めた。

強く速く、ごりごりと擦られて、エミリアは着実に追い詰められていく。

「いやらしくて、可愛いエミリア。俺の名を呼んでイって」

「あぁんんっ！　ひぅっ、あーっ！　ルー、ファスぅ……っ、も、ダメぇ……っ！」

嬌声《きょうせい》をあげ、身体をひくつかせながらエミリアは達してしまった。後ろについた手で身体を支えきれず、背が倒れていく。ルーファスはエミリアの腰を手前に引いて足を大きく開かせると、伸し掛かって容赦なく奥まで貫いた。

「あひぃっ！　やぁっ、今、イってるのぉっ……！」

達している最中に奥を突かれ、エミリアはわけが分からないほどの快楽に身体が震えた。

「そうだ、俺に感じて。もっとイって。俺から離れられないように……っ」

ルーファスががんがんと奥を突いて犯されている。さっきのゆっくりとした途中までの抜き挿《さ》しとは違い、引き抜かれた後の肉棒はずんっと最奥まで穿《うが》っている。痛くはない。満たされて、そして疼くところを突かれて身体全体が喜んでいる。エミリアの中の肉壁は狂気し、ルーファス自身をもっと取り込み搾《しぼ》り取ろうと纏わりつく。

「あぁうっ！　ひぁっ、あぁんっ！　ルーファス、ルーファスぅ……っ！」

「くっ、エミリア……っ、俺も……っ！」

先端の太い亀頭を、ごつごつと突き上げる。ルーファスの限界もすぐそこまで来ていた。

「ひぁあっ、あっ、あぁあっ！　あんぅぅぁっ！」

先に達したのはエミリアだった。意味を持たない嬌声をあげ、蜜を机に垂らしながら絶頂から飛び降りている。その締めつけに抗わず、ルーファスは奥までぐぅっと自身をねじ込み、そして子宮に熱く白い欲望を思いきり放った。

「はぁっ……エミリア……」

エミリアが力なくくったり倒れている姿を、彼は見下ろしていた。その視線の先には、豊満な胸の先端がつんと尖り、今にも触れてほしそうにふるふる揺れている。ルーファスはそれに誘われるように手を伸ばし、胸を柔らかに揉んで胸の先端を軽く摘んだ。

エミリアは素直にぴくんと反応して喘いだ。

「ふぁっ、ん……っ、やだぁ……今から、食事会の準備、しなくちゃいけないのに……」

「ふふ、許せ。時間がないと言いながら、想いが止められなかった」

悪びれず、反省のそぶりも見せずにルーファスが言い放つと、エミリアは首を横に振った。

「いいえ……その、私も嬉しかったから……助けに来てくれて、慰めてくれて、抱き合いたかったの。ありがとう……」

「エミリア……やはり、君は俺の身も心も癒してくれる。絶対に手放せない……」

二人とも、身体を離さなければいけないのを名残惜しく思う。渋々といった感じでルーファスが腰を引き、彼自身を引き抜いた。エミリアも事後の充足感と残念さがない交ぜになったため息を吐いたのだった。

数時間後、ルーファスとエミリアは情事の痕《あと》などまるで匂わさずに、爽《さわ》やかな余所《よそ》行きの笑みを浮かべていた。

王の間に迎え入れられた二人は、数時間前に机の上でいやらしいことをしていたなど少しも感じさせないほどに美しく装っていた。これから、王と食事を共にするのだ。

エミリアは緊張していたが、先ほどの酷い初対面とは違い、ドレスと化粧という武装はしてある。侍女たちによって綺麗に装わされ、そしてルーファスという頼れる王子が隣に居ると、エミリアもまるでどこかのお姫さまのように見える。

内心、粗相《そそう》がないよう必死で己を戒《いまし》めているがエミリアは笑みを振りまいて王宮に居る人たちにルーファスが悪く思われないよう努めた。

ルーファスは、

『何をすることもないよ、君は黙って微笑んでいるだけでいい。全て俺が対処する』

そう言ってくれていた。エミリアが自発的に何かを述べるということはないが、彼が隣で目を光らせてくれていると頼もしい。

二人は王の間のダイニングで部屋の主を待ち、そして彼が入室すると起立して迎え入れる。

王は端整な顔ににこやかな笑みを浮かべ口を開いた。

「やあ、ルーファスにエミリア。来てくれて嬉しいよ」

王は先の件などまるで忘れたような口ぶりだ。エミリアは愛想笑いを顔に貼りつけてはいるが、内心、やはりこの御方は苦手だと思ってしまう。

ルーファスの方は、一応はいつもの柔和《にゅうわ》な笑みを浮かべているものの、口調は辛辣《しんらつ》だ。

「わざとらしい挨拶《あいさつ》など結構。本題に入りましょう。今後の協力体制とは具体的に何をするとお考えですか」

「……まあ、座りたまえ。食事を取りながら話そう」

王はため息を交えながら着席を勧めた。

どうも、王と王子は親子としても国政に携わる同志としても上手くいっていないらしい。

ルーファスの話を聞くと、幼少の頃より全くの無関心不干渉だったらしいので、いきなり手を取り合って仲良く、というのも難しいだろうが。

給仕が前菜からサービスし始め、ぎこちない食事会は始まった。

「ところでエミリア、この国の歴史については詳しいのかい？」

「詳しくはありませんね。今は本などで学んでいますが、いずれ家庭教師を付けて学ばせます」

ルーファスが答えた。

エミリアは黙って凝《こ》った形に盛りつけられた前菜をつついている。

「そう……私が即位したのは何歳の時か知っているかい？」

「十歳」

またルーファスが答えた。しかし王は気にも留めず話を続ける。

「そうだ。父が急逝し、次の王位を巡って様々なことが起こった。そして、私の後見として当時の宰相……現宰相サディアスの祖父に当たる人が摂政し、私が即位することになった。彼には息子が居なかったからね。それにサディアスもその時はまだ七歳。何れ《いず》、彼に取って代わられ王座を追われるのではないかとはその時から感じていた」

「思い出話を語る場ではないでしょう。それより今後の展望を話して頂きたいですね」

エミリアにはルーファスは辛辣すぎる、ように思えるが王も駆け引きをしているように思える。黙って聞いて会話の行方を窺うしかない。

「まあ最後まで聞きなさい。実権を握られた少年王は、命を狙われることを避ける為、政治にはかかわらず過ごすことにした。存在感を消し、お飾りの王として暮らし続けた……」

「そうですね。だから突然、力を合わせて政敵に立ち向かおうと言いだしたところで、求心力もなく誰も集まらない」

「だが、王印は私の許にある」

「……………」

ルーファスは、笑みを引っ込めて無言になった。

今、国王は大変なことを言っているのかもしれない。しかし彼はにこやかに、なんでもないように話を続けた。

「どこまで話したかな……そうそう、お飾りの王だったが、王妃には以前から好ましく思っていた令嬢を望み、それは叶ったよ。宰相は自分の縁戚に当たる娘を妃にと頑張ったが、グレイスが伯爵家の娘であったことが幸いした。出産後に体調が戻らず、寝付いてしまった後亡くなってしまったが……優しく可愛い人だったよ」

グレイスというのが亡くなった王妃で、ルーファスの母の名前なのだろう。

そんなことがあったのかと息を詰めて聞こうとするエミリアだったが、ルーファスは冷たい声を出した。

「それで、その死因の元となった息子のことを憎み放置していたというわけですか」

「まさか。私が息子を可愛がると、その王子はすぐに死ぬことになっただろう。幼く無防備な子を狙うのは容易《たやす》い」

「その幼く無防備な子を放置したんですよ、貴方は。お蔭で俺は何度も死にかけた」

「おや、思い出話を語る場ではないのではなかったのか？」

「……貴方が始めたんですよ」

ルーファスは激高《げっこう》するのを我慢しているようだが、かなり腹立たしく思っているのは間違いない。やはり、この王は癖がありすぎる。幼少の頃より政治闘争の場で身を守り、躱《かわ》しつづけていたせいか普通に話して疲れるくらいひねくれている。

エミリアはテーブルの下でそっと手を伸ばし、ルーファスの膝の上に手を置いた。さっき彼がエミリアを助けてくれたように、今度は自分が傍に居ると伝えたのだ。

ルーファスはその手をぎゅっと握って、自らを落ち着かせるように一息、ふうと深く息を吐いた。それから真顔で父に問う。

「王印を使うおつもりですか。たとえ王といえど、議会の承認なしに使えばどうなるかはお分かりでしょう」

「勿論。議会は宰相派が押さえ、奴の言いなりだ。そして、どっちにしろ立太子の儀の辺りで動きがあると王位も危うくなる……それならば、王子と力を合わせ二対一に持ち込む方が良いだろう」

　王の答えに、ルーファスは鼻で笑う。

「数の上では二対一になったところで、権力と人材では比べ物になりませんよ。ついでに資金力も」

「そこは王印と、次世代への期待と求心力でなんとかしよう」

　王の言葉に、ルーファスは頷いた。

「分かりました。現在、宰相派にはつかず中立になっている者、様子見で決めかねている者を狙いましょう。立太子の儀までだけでも、味方を増やせれば良い」

「それから、現宰相派で内部に不満を抱いている者もね。巻き返して有力者を寝返らす為に、闘争の場を設《もう》けようと思っている」

「それは一体？」

　ルーファスの問いに、王はエミリアににこりと笑いかけた。

「エミリア、君にも大いに動いてもらわなければいけない。何せ舞台は、城内で行われる舞踏会なんだから」

「舞踏会……」

　エミリアは、既にドキドキとしてきた。華やかな舞踏会、その本質は政治闘争。エミリアも役者の一人として出ることが決定しているというのだ。

そんなこと、自分に出来るのだろうか。

不安に思っても、既に舞台の開幕は決まった。演者はそれに合わせて動くしかない。

舞台のリハーサルとも言える、舞踏会への備えは様々な学習を必要とした。

マナー、礼儀の類を基本として王子の婚約者としての立ち位置、立ち居振る舞い方。それは立ち方や歩き方、手足の動かし方にまで及んだ。

更に王国の歴史や最近の王族の動向、出席者の人間関係に派閥……覚えなければいけないことが多すぎて頭が割れてしまいそうだった。

「……今日はこれくらいに致しましょう」

講師の先生は五十がらみの凛《りん》とした老婦人だった。白髪ながら豊かな髪を結い上げ、背筋がぴんと伸びている。エミリアは彼女が姿勢を崩しだらけた姿をしているのを一度も見たことがない。

油断していると姿勢が悪くなり、びしばし注意を受けるエミリアとしては尊敬の念を抱くしかない。

「はい……あの、本当にありがとうございました。急な話なのにお引き受けくださって感謝しています」

突然決まった舞踏会に合わせ、急造淑女にならなければいけないエミリアの為に来てくれている高級家庭教師だ。頭を下げたエミリアにも、全く意を介さずすぐさま注意だ。

「簡単に頭を下げてはいけません。軽《かろ》んじられるからです。時には高飛車《たかびしゃ》だと思われる態度も、貴人としての処世術なのです」

「は、はい……」

「使用人にへりくだるのも、必要以上にありがたがるのもいけません。毅然《きぜん》とし、弱みを見せぬ主として振る舞うように」

それこそ、ルーファスのやり方だった。やはり、彼は貴人として当然の振る舞いをしていただけなのだ。

でもエミリアにとっては、それはどうなのだろうか、と思ってしまう時がある。これが価値観の違いというものなのだろう。そして此処では、全てにおいてルーファ人が正しく、エミリアは彼らに合わせなければいけない。

「……善処致します」

明言せず、何か請われた時の返事はこれで良い筈だ。エミリアの言葉に、老婦人は頷いた。

「よろしいでしょう。明日までにこの書類に目を通しておくように」

書類と言っても、分厚い辞典並みの束だ。これらに様々な人物、人間関係、近年起こった出来事などが記されている。エミリアはこれに関しては善処するとも言えず、静かなため息を吐いて老婦人を見送った。

明日までの宿題を出されてしまったので、エミリアは部屋にこもって書類を捲《めく》っていた。同じような名前があると誰が誰やら分からないし、やはり紙の上での文字を追うだけでは把握出来ない。

ほぼ覚えることが出来ず、飛ばし飛ばし見て、頭がぼんやりして来た時にノックの音が響いた。

「失礼致します、お茶をお持ちしました」

ホリーの声だ。

「どうぞ、入って」

ため息を我慢してホリーを迎え入れ、お茶をありがたく頂く。それでもやっぱり、深い吐息になって紙を横に置いてしまう。

エミリアの様子を見て、ホリーは気遣うように言ってくれた。

「厳しい講習でしたでしょう。甘い物は頭を休める作用もありますので、どうぞご休憩の際にお取りください」

見れば、お茶の他に心づくしのお茶菓子もある。

「まあ、ありがとう……あの先生は、厳しいと有名な方なの？」

エミリアがふと思いついたことを尋ねると、ホリーはしまったとばかりの表情になり、すぐ真顔を保ってしまった。

「長らく王宮勤めをしておりますと、出入りする者の人となりはそれとなく耳に入りますので」

「そう……」

最近は、ホリーも少しは打ち解けてきてくれているような気がしていたが、やはり気軽に噂話をするまでの仲にはなれないようだ。

この間、エミリアが王の許に連れて行かれた時には彼女が必死に走ってルーファスに知らせてくれたのだ。同じ城内とはいえ、エミリアたちは馬車で移動した距離だ。なかなかに遠い其処まで駆けてくれたのは、彼女がエミリアのことを親身に思ってくれたからに違いない。

あの後、エミリアは心からお礼を言って感謝したのだが、ホリーは特段感激することも、恩着せがましい話をすることもなく普通に頭を下げただけだった。それでも、エミリアが手を握ってありがとうと言うと、照れたような困ったような表情にはなっていたが。

もしジェシカなら、あの時どう大変だったか、という話を延々と繰り返し、話を膨《ふく》らますことだろう。実家の荘園でずっと世話をしていてくれていたジェシカが、他愛のない話を聞いていなくても教えてくれたのが懐かしい。

そう考えていた時に、エミリアはふっと思いついた。

「ねえホリー。それとなく知っているなら、教えてほしいのだけれど。この此処に書いてあるガードナー伯と、此処に出てくるガードナーさんは別の人よね？」

「ああ、はい。そうです。三代ほど前までは分家で親交もあったようですが、今は没交渉のようですね。歴史が長い家では、そういうことも少なくありません」

「ねえ、それならお願い。此処に書いてあることをかいつまんで教えてもらえない？」

「え……」

「お願い！　ホリー、特別なお礼はするし、希望があるなら叶えてもらうようルーファスに口添えするから、どうかお願いします！」

縋りつかんばかりのエミリアに、ホリーは一歩退いて言った。

「お、おやめください！　わたくしがエミリアさまに何かねだったとなれば、厳罰があるのは必至。分からないことがあればお教えしますから、頭を上げてください」

「本当？　良かったわ！　助かったわ、一人じゃどうしようかと途方にくれていたところなの」

エミリアが屈託なく微笑むと、ホリーは仕方のない人だと言わんばかりに控えめなため息を吐く。それでも、席に着いて、

「それでは僭越《せんえつ》ながら、説明させて頂きます」

と言って知っていることを分かりやすく教えてくれる。

つい先ほど老婦人に注意された、使用人には毅然として弱みを見せるな、というお説教は聞かなかったことにした。

平常ではそうかもしれない。だが、今は非常時なのだ。差し迫った危機を乗り越える為に、なりふりなど構っていられない。そう考えエミリアは、ホリーに教えを乞《こ》うた。それで、大分助かった。やはり一人で孤独に書類を読むのと、分かりやすく話してもらって、すぐ質問出来るのとでは全然違う。

「ありがとう、ホリー。いつも助けられて、助かっているわ。貴女《あなた》についてもらえて、本当に良かったわ」

そう言うと、ホリーは黙って頭を下げるが、心なしかはにかんだように見えた。

そんな風に周囲の手助けを受けながら学習し、歩き方踊り方の特訓を受け、エミリアのお披露目となる舞踏会の当日となった。

明日はいよいよ立太子の儀という前夜に、舞踏会は開催されていた。

ルーファスがエミリアを離宮に迎え入れたあの日、彼は二人だけの晩餐会を開いてくれた。それが、エミリアが知る唯一で一番豪華な晩餐会だった。

が、今日の舞踏会はそれより格段に素晴らしい。

大広間には、明日の儀式に参加する為に王都に集《つど》った数多《あまた》の貴族や王族が談笑している。皆が着飾り、美しい衣装を競い合っているようだ。

エミリアがルーファスに伴われて大広間に現れると、楽団の音楽はやみ、皆がひそひそと囁きながら注目した。

二人の後に王も入場する。皆が静かに姿勢を正し、主君を見つめた。その視線を受け止めながら、王は皆に宣言した。

「明日の立太子の儀の前に、一つ良い報《しら》せがある。私に娘が出来たのだ。王子ルーファスがこの度、婚約する運びとなった」

エミリアは微笑んで膝を折って礼をした。内心は心臓が早鐘を打っている。

ついに、本当に婚約発表が成されてしまった。このまま本当に結婚ということになってしまうのか、それとも国王陛下か誰かの横やりで婚約破棄になってしまうのか、エミリアには分からない。

ただ、もう後戻り出来ない状況になってしまったのは間違いない。エミリアは、ルーファスを信じて彼の横に立つしかないと、隣に居るその人をじっと見つめた。

ルーファスがそれを受けて一歩前に出た。

「皆にエミリアを紹介しよう。彼女は幼い頃、毒蛇に咬まれた私を助けてくれた命の恩人でもある。それ以来、俺たちは文通で愛を育《はぐく》んできた……」

おお、とどよめきがあった。政略結婚や派閥争いの絡む関係ではなく、愛という言葉をルーファスが使ったせいかもしれない。

そんなざわつきの中でも、ルーファスの声はよく通り心地よい響きを放っていた。

「彼女は温かな人柄で、控えめだが俺を支えてくれる芯の強さもある。明るく庶民的な妃は国民にも好意的に受け入れられるだろう」

すぐに王が引き継いで言う。

「勿論、我々王族もエミリアを歓迎している。ようこそエミリア」

その言葉がきっかけで、皆が拍手を始めた。大広間全体を包む歓迎の拍手だ。エミリアはドキドキしながら会釈《えしゃく》を繰り返した。

それからすぐに、楽団が演奏を再開し踊りが始まった。勿論、最初のダンスはルーファスとエミリアだ。二人が踊り始めると、皆も次々ダンスフロアに行って二人の周りを優雅に漂い始める。最初の紹介としては上出来だった。

その後も和《なご》やかにダンスと談笑は続き、エミリアは皆に受け入れられたようだった。


「失礼します！　アストリー侯爵家の皆さま、及びフリント辺境伯が御来訪です！」

「中立を貫いておられた、ギャルビン家の皆さまも顔を出されています！」

従僕が次々とルーファスとその周辺の重臣に報告をしている。今までどちらにも属さなかった有力な一族や、今後の方向を決めかねていた実力者が顔を出しに来ているようだ。

王と王子が手を組むとなれば、やはり人は集まる。それも、気楽に参加してほしいと誘われた舞踏会だからだ。ここから取り込めるかどうかはルーファスの手腕によるだろう。

どうやら、ルーファスが直接話をした方が良い有力者がやってきたらしい。

王がにこやかにルーファスに言った。

「エミリアのことは私が見ておこう。行ってくると良い」

ルーファスは不信の瞳で父を見返す。だが、その間にも次々と賓客《ひんきやく》がルーファスと話そうと取り囲んでいる。渋々、彼は了承した。

「くれぐれも、彼女のことをお願いします。もし彼女に何かあれば……分かっていますね？」

ルーファスは笑みを浮かべたまま、恐ろしい気配を漂わせている。だが父王はまともに取り合わずいなしている。

「分かった、分かった。エミリアから目を離さないでおくから」

「エミリア、気を付けて。嫌ならこの男から離れても良いが部屋からは出ないように」

「ええ、分かったわ」

ルーファスが人の波に紛れ込んでしまうと、『この男』呼ばわりされた王はにっこりとして言った。

「では、何をして過ごそうか。ダンスでもどうかな」

「いえ、それは……」

婚約者の父とダンス、しかも相手は国王ともなるとエミリアには畏《おそ》れ多い。

「では、話をしよう。ルーファスの昔話など」

次の提案には、エミリアも心惹かれた。聞いてみたいと頷く。

「お聞かせ頂けると、嬉しいです」

「では、座ろうか」

広間を見渡せる上座の一段上に、玉座が設《しつら》えてある。その隣には、ルーファスとエミリアが座る席もあった。そこに王と共に着く。周囲には護衛の兵士も居るし、これなら変な人に絡まれたり、外に連れ出されるということもないだろう。

王が語り始めた。

「ルーファスは、幼い時から聡《さと》く物分りの良い子だったよ。きっとこの王子は、後の賢王になるだろうと思わせるほどに」

「そうなんですね」

やっぱり、という想いだった。ルーファスなら子供の頃からよく出来た子だったと思う。

でも、それは小さな心の中にある肉親や誰かに甘えたいという気持ちを押し殺してのことだろう。

それを分かっているという風に、王も頷く。

「だからこそ私の手元に置いては駄目であったと、理解してほしい。私には他人を守る力などなかった。育てようとしても、途中で横やりが入るか、最悪二人共々暗殺されただろう」

「そう、ですね……」

以前もそんな話をしていた。王は、ルーファスを想って距離を置いたと言う。

だが、ルーファスはそれによって一人暗殺の憂き目に遭ったと未だに不満を持っているようだ。

どちらも間違っていないし、王の判断も正しいのだろう。けれど、ルーファスに肩入れしてしまうエミリアとしてはどうしても彼を気の毒に感じる。

「親としては酷いものだと思っているだろうね？」

「いえ……」

思ってはいても、「そうですね」とは言い難い。またしても口を濁《にご》すエミリアに、王はふっと笑って言う。

「成長してから急に可愛がりたいと思っても、なかなか難しいものでね」

エミリアはそこでピンと来た。

「では、仲良くなりたいと思っていらっしゃるのですか？」

「勿論。君に取り持ってもらえたら嬉しいよ」

「それは……出来ることであれば致しますが……」

なかなか、ルーファスのあの態度では難しいだろう。突然に距離を詰めるのは大変だろうが、でも、時間をかけていけば……。

「しかし、私だけではないようだね。ルーファスと仲良くなりたいのは」

「え……？」

その言葉に、視線をルーファスに転じる。人ごみの中にひときわ目立つ赤のドレスを着た女性が、ルーファスに擦り寄っているのが見えた。

「あれは、アストリー侯爵家のご令嬢だよ。長らく中立を保っていたが、今日は様子を見に来たらしい。私とルーファスが協力体制を持ち、かつ娘が王妃になれるなら協力しても良い、といったところかな」

王の説明に、彼らの周りは全てが政治的な意図を持った言動で彩《いろど》られているのだと改めて実感する。それが当然の世界なのだ。エミリアには全く馴染《なじ》みがないし、これからも馴染めないような気がする。

そんなことを考えながらルーファスを見つめていると、王は少し可笑《おか》しそうに口を開いた。

「案外冷静だね。もっと、嫉妬《しっと》したり悲しそうにするのかと思った」

「いえ……この雰囲気に馴染むので精一杯なので」

エミリアはそう答えながらも、

（陛下はやはり、お人が悪い……）

そう思ってしまった。お人よしではなんの後ろ盾もない少年王が今まで在位出来なかっただろうが、なんというか、人を食ったところがある。今もエミリアを焚《た》きつけて観察しているようだ。

この一筋縄ではいかない王と、王に反発する王子の間に挟まれることになるとは。なかなか、間を取り持つのは簡単にはいかないだろう。

そんなエミリアの想いを分かっているのか分かっていないのか、王は朗《ほが》らかだ。

「ではエミリア、私とルーファスの母、私の妃の馴《な》れ初《そ》めを教えてあげようか」

「それは、伺《うかが》ってみたいです」

エミリアも年頃の娘だ。そういった話題は興味があるし、この王とルーファスの母との話だ。否が応でもそそられる。

思わず王の方に耳を傾け、一生懸命聞こうとするエミリアに、彼は語りだした。

「あれはもう何年前になるか……少年王であった私も年頃になり……おっと、時間切れのようだ」

「えっ」

今からなのに。

一体どうして、と王を見つめるエミリアに、後ろから低い低い声が聞こえた。

「随分楽しそうだね、エミリア」

「る、ルーファス……驚いたわ。話は終わったの……」

つい先ほどまで有力貴族のご令嬢と、割と離れた場所で談笑していた筈なのに気が付けばすぐ背後に居たのだ。

エミリアは、彼のその圧迫感にどぎまぎしながら答えたが、王の方はまるで屈託がない。

「そうなんだ、楽しく話していたんだよ。それにしても、出来たお嬢さんだねエミリアは。婚約者が他の女といちゃついていても、嫉妬《しっと》の一つもせずに落ち着いたものだ」

ルーファスの額に血管が浮かんだ。それでもいつもの微笑を浮かべているのが凄い。だがそのご機嫌を損なっていることは、見る者が見ればすぐ分かるし、圧が凄まじい。

エミリアがちゃんと説明しようと口を開こうとする前に、ルーファスが言った。

「エミリア、後でゆっくり話を聞かせてもらう」

「え、ええ……でもそんな、何も大した話はしていないのよ……」

エミリアの弁解に、王はにやにや……いや、にこやかに笑っている。明らかに、引っ掻き回して楽しんでいるようだ。

(も、もう……困ったものだわ、陛下には)

ルーファスも王の隣に座ったので、二人並んでいるのを目にすると、本当にそっくりだ。

ルーファスが年を取ると、きっと王のような容姿になるのだろう。

性格まで似てしまったらどうしよう、と少し失礼なことを考えてしまう。不敬に問われないよう、エミリアがその想いを打ち払っていると、和やかな雰囲気が壊される一報がもたらされた。

城内の従僕らしい男が青ざめ、小走りで王の許に駆けつけたのだ。

「大変でございます！　宰相殿を始めとする一団がこの大広間に向かっているそうです！」

周囲に居たエミリアを始めとする皆にも聞こえた。全員がざわざわとしているが、それは畏怖《いふ》と怯《おび》えが入ったもので、そのうちしんと静まり返ってしまった。

ルーファスはエミリアを見て気遣うように小声で囁く。

「君を検分しに来るのかもしれない。心無い言葉で傷つけられるかもしれないが、どうか堪《こら》えてほしい」

脅《おび》えたり、この間、王にされたように圧力をかけられて泣くようでは駄目なのだろう。エミリアは怯《ひる》む気持ちを押し隠し、にっこりと笑って言った。

「ええ。宰相さまは国王さまの弟に当たるとか。似ていらっしゃるのか、お会い出来るのが楽しみです」

「そうだ。此方から見てやろう、見物してやろうという気で迎え入れるのだ。弱気になって下を向くな」

ルーファスはエミリアにというより、周囲の皆に激励のように声をかけた。

すると、聞いた者は後押しされたかのように上を向き、胸を張りだした。心なしか、皆の瞳に力がこもったような気さえする。

やはり、王族には生まれながらに何か持っているものがあるのだろう。言葉をかけただけで、人を鼓舞するような何かが。エミリアも、それに勇気づけられて姿勢を正し、真っ直ぐ視線を保つ。

そして、宰相を先頭とする一団が現れた。

ぞろぞろと付き人を連れているが、それら皆がそれぞれの道で頭角を現す天才ばかりだった。法務、司法を司《つかさど》る大臣に軍事司令、外交を一手に担う外務次官と財務のプロである高級官僚たち。全員が只者《ただもの》ではないというオーラを纏っている。

エミリアは簡単に気圧《けお》され、身体が震えそうになった。

「大丈夫だ」

おどおどしてしまいそうなエミリアの手を握り、ルーファスが囁いてくれた。その温かさと頼りになる声に、エミリアも落ち着きを取り戻す。

そう、彼が隣に居てくれるのだ。

この間の、誰かも分からない人の前で一人連れ去られ、兵たちの前で詰問された時と比べれば全く心細くはない。

エミリアはふう、と一つ深呼吸した後ルーファスを見つめる。そして、なんて素敵な人なのだろうと改めて感心した。

意思の強そうな、煌めく瞳を長い睫《まつげ》が縁取っている。通った鼻筋も、薄い唇も、顔を覆う銀髪も、全てが美しい。

今日のエミリアは薄いピンク色のドレスを纏い、金色の髪にもピンクの飾りを編み込んで娘らしさを出していたが、ルーファスにも一部衣装にピンク色の刺繍飾りを施している。二人が対《つい》の存在であることを演出しているのだ。

今さらだが、こんなに美しい人が自分を欲しているなんてと感嘆の息を吐く。ルーファスのその魅力は見た目だけではなく、頼りがいがあるところもだが。

そっとルーファスの手を握り返し、エミリアは一団が入場するのを待った。

王が玉座に着き、その横にルーファスとエミリアが控えている。その前に、宰相とその一派が現れるのだ。

エミリアは今ここで初めて、ルーファスの叔父であり宰相であるサディアスを見た。宰相は義理の兄である国王にも、ルーファスにも全く似ていなかった。

並んでいるルーファスと王を見ると、やはり親子だと確実な血の繋がりを感じるのに。二人はそっくりで王族の系譜を見て取れるが、宰相には見受けられない。エミリアはそんな感想を抱いた。

ゆっくりと登場したサディアスは、勿体《もったい》ぶったように礼をすると口を開いた。

「これはこれは、王よ。王子の婚約、めでたく存じます」

サディアスの態度は一言で言うと、慇懃無礼《いんぎんぶれい》だった。彼が王や王子を敬《うやま》っているとは全く思えないし、尊大な態度を隠そうともしていない。

王は言葉少なく頷くだけだった。

「うむ」

「それにしても、めでたい。我らも八年前より二人の仲を見守っておりましたが、まさかこのような形で成就《じょうじゅ》なさるとは」

エミリアの背筋に冷や汗が流れた。王子であるルーファスの行動は監視されていたのだ。そして、その文通相手であるエミリアにも監視は及《およ》んでいたようだ。全く知らぬ所でそんな風に巻き込まれていたとは。驚いたが、命を始めとする全てのものを賭ける政権争いならそれも当然なのかもしれない。

サディアスの朗々《ろうろう》とした大きな声は止まらず続けられる。

「しかし、その娘の身分は低く、ろくに後ろ盾もない状態……」

「身分が低いから反対だと、そう言いたいのか？」

ルーファスが挑戦的に口を挟んだが、サディアスは意にも介さなかった。

「いやあ、心配ですな。庇護者が居ない王妃ほど、危うい存在はありません。先の王妃でさえ、伯爵家のご令嬢という身分がありながら短命でありました」

「一体何が言いたい？」

王は黙ったまま無表情に座って、サディアスを見下ろしている。

会話はサディアスとルーファスの二人で進めるようだ。

ルーファスの問いに、サディアスは彼を無視し王に進言した。

「このサディアスが、王子の婚約者、未来の王妃の後見人になってもよろしい」

「……！」

自分のことで政争の駆け引きがなされるとは。エミリアには胸がきりきりとする想いだった。でも、驚いて口を開けているわけにもいかない。エミリアは背筋を伸ばし、凜《りん》とした表情を装ってルーファスを見つめた。

ルーファスを見ると、彼はいつもの柔和な笑みを浮かべていた。ただし、目は全く笑っていない。

「それは残念だが、既に後見人は決まっている」

「ほほう……それはどなたかな？　このサディアスより、身分高く後見の力がある者が王宮に居るとは思えぬが」

「三代前の王であるナサニエル王の弟君、マイヤー公だ」

既に、ルーファスは先手を打っていた。それを聞いて、サディアスは顎を擦るような動作を見せた。

「ふむ、マイヤー公……そのマイヤー公は何処におられる？」

「……公は既に休まれている」

高齢の、普段は隠居している老人なのだ。ルーファスはマイヤー公に前夜の舞踏会には参加させず、翌日に備え休んでもらうよう手配していた。それが失策なのかは分からないが、ここで無理をさせ明日の儀式に躓《つまず》く方が良くないだろう。

サディアスはルーファスの答えを聞くと、突如高笑いを始めた。

「フハハハ、既に休まれていると。そんな老公に後見や明日の儀式の宣言が務まるものか」

嘲笑《ちょうしょう》するサディアスの声に、彼の付き人たちが追従して大笑いする。それは、舞踏会に参加している人たちに居心地の悪い場と感じさせるのに十分だった。

「何も問題はない」

ぴしりとルーファスがそう言ったが、その声は笑い声に掻き消される。ほどなくして、サディアスが口を開く。

「しかし老公に従い、明日に備えるのは良いだろう。皆の者、舞踏会は終わりだ。すぐに帰って休むが良い。王もそうおっしゃっている。そうですな？　王よ」

王は何も言っていない。しかし、今までずっとこのように、王は傀儡《かいらい》として王座に座らされなんの実権も持てなかったのだ。

果たして、問われた王はあっさり言い放った。

「よきにはからえ」

サディアスは満足そうに頷いた。

「それでは、御免」

そしてまた己を筆頭に、ぞろぞろと取り巻きたちを引き連れて出て行く。

残されたのは、すっかりしらけたお開きムードのみだった。盛り上げるべきだった会の終わりを、勝手に宣言されてしまったのだ。ルーファスも苦々しい表情になっている。

それを受けて、王も早々に大広間を退出してしまった。

王を見送ったエミリアも、自分がダシにされてしまったようで心苦しい。こういう時、どうすれば良いのだろうか……。

ルーファスを見ると、彼は自分の従僕と王の腹心らしい侍従に矢継ぎ早に指示していた。

「明日の最終確認と、今日の出席者の擦り合わせを行え。俺もすぐに行く」

「は！」

侍従たちに指示した後、ルーファスはエミリアに向き合った。

「エミリア、離宮まで送ろう」

「ルーファス、先に帰るつもりなの？」

エミリアは驚いて言った。エミリアの実家でささやかながら宴が開かれた時、父母は客人を全て見送って最後までホールに残っていたものだ。

それを念頭に問いかけたのだが、ルーファスは事もなげに答える。

「先に帰るのはエミリアだけだ。俺は送っていった後、また此処に戻るから先に休んでいてくれ」

「そうじゃなくて。招待客の皆さんより先に帰るってことかを尋ねているの」

「それはそうだ。王族は一番最後に来て最初に帰るものだ」

それがごく当然なのだろう。

でも、当たり前のことをしているだけでは明日を乗り越え、あの宰相に打ち勝つのは難しいような気がした。今出来ることは、全てやりたい。

エミリアは首を横に振って言った。

「でも、明日は全ての手を尽くす、乗り越えなければいけない一番大切な日なのでしょう？今日は、皆さんを見送りましょう」

「……分かった」

ルーファスは頷き、エミリアの言うことに従ってくれるようだ。

二人は並んで扉の前に立った。有力な後援者一人ずつを見送り、明日またと声をかけた。

エミリアも、並んで礼を一人一人にしていく。今日は来てくださりありがとうございました、明日もよろしくお願い致しますと何度も述べる。

ルーファスに声をかけられた人たちは驚き感激し、そしてエミリアに微笑まれた相手はにっこりと笑みを返した。見送った人たちは心なしか、誇らしげに胸を張って帰っていく。

すっかり皆を見送った後は、エミリアは壁に沿って並び待機していた使用人たちに声をかけた。

「今日はどうもありがとう、急に決まった舞踏会なのにとても良いもてなしだったわ。招待客の皆さまもご満足でした。まだ片付けもあるけれど、本当にご苦労さま」

いつも、母が使用人に言っていたことをエミリアなりに考えて口にしたのだ。

王宮に仕える人たちにとって、こんな風に言われたことは前代未聞だったのかもしれない。使用人たちは皆一様に戸惑い顔を見合わせた後、深々と頭を下げた。

悪い雰囲気ではなかった。

ルーファスに促され、大広間を出たエミリアは万全を期して離宮まで二人、馬車で戻ることにした。

馬車の中で、ルーファスが腰に手を這わせながら言う。

「あれはやりすぎではないのか？　使用人にまで声をかけていたことだ」

「舞踏会は急に決まったから、準備も運営も大変だった筈よ。頑張ってくれたんだから、お礼くらい言うわ」

「それは仕事だから当然だ。特別手当も出る筈だ。労働の対価はきちんと支払われている。声をかけることが慣例化し、それが当然のように受け取られると、今度はない場合に不平不満が漏れ聞こえるようになる」

ルーファスにとっては使用人など目に見えても見えないような存在で、ただ黙って働かせて対価を支払うものなのだ。けれど、エミリアにとっては違う。

「それはそうかもしれないけれど……でもね、お互いが気持ち良く居られる為に、ちょっとした言葉をかけて気遣うくらい、上に立つ者はやってあげてもいいと思うの。家では母がそうだったから……何も言わずにいると、やっぱりよそよそしいでしょう」

エミリアの問いかけとも言えない確認にルーファスは無言だった。

しかし母のことを思い出すと、色々浮かび上がってくるものがある。エミリアは胸の内を言葉にし始めた。

「だけど、声をかけると向こうも打ち解けて、なんていうか……頑張ってくれるというか。お母さまは皆をその気にさせるのが上手だったの。勿論、その中にはお父さまも入っていたわ。うふふ、お母さまにおだてられると、お父さまったら張り切るのよ」

「……俺は、誰が間者か分からない、いつ誰に何を言ってもどう報告されるか分からない暮らしをしていた」

「あ……」

ルーファスの過去の辛さは分かっていた筈なのに、能天気に田舎の家の話をしてしまった。

申し訳なさそうなエミリアに、ルーファスは首を振って何も言うなと示してからぎゅっと抱きしめた。

「今まで、誰にも心を許せなかった。使用人にも、余計な言葉などはかけないようにしていた。だが……エミリアの家に行った時は、温かみを感じ羨《うらや》ましかった。俺も、こんな家庭的な雰囲気を味わいたいと願ってしまった」

「ルーファス……」

エミリアからも、ぎゅっと彼に抱きつく。抱擁《ほうよう》しながら、ルーファスは囁いた。

「そうだな……戦場では士気を高めねば戦果にも関わると言う。俺も、なんとかしよう。そして、君はやはり俺の女神だ。傍から離したくない」

エミリアも抱擁し返す。

女神とまで言われるのは大袈裟だが、彼の役に立てたなら嬉しい。エミリアの胸は温かなもので満たされた。

が、それがすぐに打ち消されるような低い声でルーファスが話しだした。

「ところで……父上と大分楽しそうに、かなり打ち解けていたようだが」

「そ、そんなことはないわよ……」

抱き寄せられる力は強まり、痛いほど引き寄せられている。

エミリアは否定したが、ルーファスは更に言い募った。

「いいや、そうだった。父上も、にやけた顔をしていた」

「そんなことないってば。陛下はルーファスのことばかり話していたもの」

「……それに、俺がどこぞの令嬢と話していても、君は平気だったと言っていた」

その話も覚えていたのか。

まるっきり嫉妬しないわけではないが、ルーファスが女性と話す度に一々騒ぎ立てるつもりはない。しかし、今ここでそう正直に言ってしまえば彼の機嫌を損ねてしまい、さらに揉めるような気がする。

エミリアは話を変えることにした。

「陛下は、ルーファスのことを構いたいのよ。でも、なんというか……愛情表現が素直では無いというか」

「気持ちの悪いことを言うな」

ルーファスはぶすっとして本気で嫌がっているようだ。けれど、エミリアは先ほどの王の発言から、それは正しいと確信していた。

「本当なの。でも、陛下はひねくれていらっしゃる……いえ、こう、素直に気持ちを伝える方じゃないでしょう。私をだしにして、ルーファスの反応を見ているんだと思うわ」

「やめてくれ」

ルーファスはにべもない。やはり、今さら父と仲良く、という気持ちにはなれないようだ。

彼の立場に立ってみれば、今までずっと放置されていたのに、突然歩み寄られても急に信用は出来ないだろう。エミリアもそう思うが、一応は伝えておく。

「陛下は、ルーファスと仲良くしたいから、私に取り持ってほしいとおっしゃったの」

「そういう態《てい》でエミリアに近付こうとしているんじゃないのか」

ルーファスの疑いに、エミリアは笑ってしまった。

「そんなわけないじゃない。陛下の狙いは貴方よ、ルーファス」

「やめろ、気色の悪い。俺は、君が俺以外の男と仲良く話しているのを見るとどうしようもなく苛立つんだ。それはたとえ、相手が父上でもだ」

ルーファスが嫉妬している。

エミリアは、それを何故か甘美なものとして受け止めてしまった。先ほどとは違う意味で、少し笑みを浮かべてしまう。

ルーファスはその笑いを見て、更に怒ったようだった。

エミリアは「そんなこと、心配するまでもないわ。大丈夫」と言おうとしたが、言えなくなってしまった。

ルーファスが、強引に唇を塞ぎ息も出来ないほど激しいキスを始めたからだ。

「んっ、んぅ……っ、ルー、ファス……っ！」

離れようとするエミリア後頭部を押さえ、無理矢理に舌が侵入してくる。こんなに強引で、気持ちを押しつけられる口付けだというのに、やはりエミリアにはうっとりと心地よいもののように思えるのだった。激しいキスで咥内を掻き回され、舌を吸われているうちに、気付けば馬車は止まっていた。離宮に到着したのだ。

エミリアと共にルーファスも馬車から降り、そして熱っぽく見つめて言う。

「先に休んでいてくれ。何時になるかは分からない」

「ええ……」

再び馬車に乗り込んで王宮に戻るルーファスを見送った。


先に休んでいて良いと言われたものの、すぐに眠る気にはなれない。今日も色んな事がありすぎて、整理しなければ消化しきれなかった。

エミリアは眠る為の身支度と明日の用意をしてから、ベッドに座って本を開いた。本の内容は全く頭に入ってこない。

頭の中では、ぐるぐると今日の出来事が巡っていた。

ルーファスの父である国王陛下と二人の関係、そして宰相サディアスとその一派。明日の立太子の儀では、暗殺計画があると見られているらしい。無事に儀式が終わればいいのだが……。

何が起こるか分からない上に、敵対陣営はより強大な力を持っているという。確かに、今日見たサディアスには威圧感と近寄りがたさがあった。

漠然《ばくぜん》とした不安と心配がないまぜになるが、エミリアに今出来ることは無い。それなのに、居ても立ってもいられず心が逸《はや》る。それは、明日が無事に終わるだろうかと自身の安全に関することより、ルーファスの身に何かあったらどうしようという不安だった。ルーファスが怪我をしたり、万が一暗殺されてしまったらどうしよう……。

そんなことを考えると、胸が押し潰されるように苦しい。エミリアは、これがルーファス恋しさ故の感情だとやっと自覚した。彼に何かあったらと思うと心配で仕方ない。無事でいてほしい。

彼のことを、心から想っている。

(私、いつの間にかルーファスのことを好きになっていたみたい……この気持ち、どう伝えれば良いのかしら……)

いたずらに時を過ごしていると、ルーファスが帰ってきた。心なしか、いつもより疲れた表情に見える。

彼は部屋に入ってくると、ベッドで座って本を開いているエミリアを見て目を細める。

「先に休んでいて良かったのに。しかし、帰りを待ってくれる人が居るというのは良いものだな」

「まあ……眠れなくて起きていたの。それに、いよいよ明日でしょう……」

エミリアがそう言うとルーファスは同じくベッドに腰を掛け、手を伸ばし肩を抱いた。

「そうだ。明日、長かった政権闘争にも決着が着く。俺の立太子が正式に成立した暁《あかつき》には、宰相《こうてつ》を更迭しサディアスを政権から遠ざける。それだけの準備はしてきた」

だが、向こうも当然それは分かっている。そしてルーファスたちの企《たくら》みを無とすべく、更に凄いことを仕掛けてくる筈だ。

エミリアは彼の手をぽんぽんと叩いて言った。

「だから、一緒に眠って一緒に目を覚まそうと貴方を待っていたかったの。貴方の顔を見る前に眠れなかったわ」

「エミリア……ありがとう。嬉しいものだ。そんな風に優しくされると、都合良く考えたくなる」

「都合良く？」

「君が俺を想って、自らの意思で俺と共に過ごしていると、そういうことだ」

そう言って抱擁し、真正面から見つめられる。ルーファスの真っ直ぐな瞳に射貫《いぬ》かれると、エミリアの顔にみるみる熱が集まった。視線が彷徨《さまよ》い、彼を見返せない。

「それ、は……」

「エミリア、俺を見て」

彼の声は甘く響いてエミリアの心拍数を上げるばかりだ。ドキドキしながらも、エミリアは意を決した。

彼の予想では明日、暗殺騒ぎが起こるかもしれないのだ。何があるか分からない。自分の気持ちを伝えるのは、今しかないだろう。

エミリアはこくんと小さく頷いてから、彼の胸の中で頭を上げた。

「あのね、ルーファス……それは、そうなの……」

「どうした？」

「あの、私……ルーファスのことを想っているし、傍に居たいと思っているわ」

エミリアが意を決して頷くと、ルーファスは痛いほどに彼女を抱きしめた。そして嘆息を漏らす。

「これは、なかなか胸に来るものがあるな。こんなに喜ばしい気分になるものなのか……」

「ルーファス、苦しいわ」

身じろぎするエミリアに、ルーファスは腕の力を緩めると顔を傾け、ちゅ、ちゅと軽く啄《ついば》むようなキスを繰り返した。そしてまた抱きしめて囁く。

「君が嫌がっても、此処に縛りつけるつもりだった。それで君が傍に居るなら良いと思っていた」

「ルーファス……」

確かに、そんな風に言っていた。彼はエミリアの気持ちなどどうでも良く、ただ欲しいものを手に入れるだけで良かったのだ。

彼の情念は一途だが激しすぎて、エミリアには理解も及ばなかったし恐ろしいほどのものだった。けれど、その気持ちも徐々に変わっていった。

最初は、無理に連れて来られて嫌だった。家に帰りたいのに帰せないと言われて、追い込まれた。そして身体は彼に悦《よろこ》びを教え込まれ、気持ちとばらばらなのが辛かった。

それでも、情が移って、離れがたくなって。助けに来てくれて、思いきり甘やかされて、それが堪らなく嬉しくて。

エミリアもぎゅっと抱きつくと、彼は嬉しそうに含み笑いをして言う。

「エミリア、本当に嬉しい。心が満たされる思いだし、なんだか浮かれてしまいそうだ」

「あの、明日の為にもきちんと気持ちを告げておこうと思って……何があるか分からないから」

「ああ。俺も言っておこう。エミリア、君を想う気持ちは、好きとかそういう好意ではなかったような気がする」

「えっ……」

思わぬ告白に、エミリアは驚き不安げに視線を送る。彼は続けた。

「先にも言ったが、俺は君の気持など関係なく俺の傍に置きたいし、俺だけを見つめるようにしたいし、俺のことだけに心を砕いてほしい」

「それは……」

確かに、ただの好意とは決定的に違う。相手を思い遣る気持ちもなく、一方的に求めているだけだからだ。口ごもるエミリアの額に、彼もこつんと額をつけて言う。

「初めて会った、あの日に助けられた時から、俺は君だけをずっと想っていた。孤独で辛い時も、誰にも頼れず孤立した日々も、君といつか共に在《あ》りたいと願うことで耐え忍べた」

「……！」

彼の想いは、やはり深く濃い。エミリアは瞳を閉じて、その深さに震えながら続きを聞く。

「そして明日、立太子の儀と共に君との結婚を発表する。エミリア、君が拒否しようが嫌がろうが、俺は強引に事を進め、無理矢理結婚しようとしていた。だが今なら、こう尋ねられる」

ルーファスは抱き合っていたエミリアから身体を離し、ベッドから降り跪《ひざまず》いた。そして、エミリアの手を取って言う。

「エミリア、俺と結婚して頂けますか？」

「……はい！」

ルーファスがベッドに飛び乗り、そして勢いのままにエミリアを押し倒した。

「きゃっ、ちょっと、ルーファァ……んんぅっ」

そのまま唇をキスで塞ぎ、情熱をぶつけるように深い口付けを繰り返す。舌を絡み合わせ、水音とエミリアの抑えた声が部屋に響いた。互いの想いを伝え合った後のキスは、たちまち二人の身体に情欲の炎を燃え上がらせた。

ルーファスがエミリアのナイトウェアの胸元をずらし、露出させた乳首にねっとり舌を這わせた。彼の手は下腹部にも伸ばされ、下着の上から割れ目にそってすりすりと指を遊ばせていた。何度も行き来させた後、布越しにもぷっくりと存在を主張してきた敏感な尖りを特に弄る。下着がじっとりと濡れてきた。

「あっ、駄目よ、ルーファス……っ、明日の為に、早く休まないと……」

「ふ、そう言うな。求婚に色よい返事が聞けたんだ。それに、明日の為にも今日は心残りのないよう君を抱いておかないと」

ルーファスは胸の先端を唇と舌で愛撫し続ける。尖らせた舌先でつついたと思ったら、唇で挟んでちろちろと柔らかに舐めた。ちゅうっと強く吸われ、甘く噛まれると身体がびくんと反応してしまう。それなのに、指でも下着越しに愛撫を続けている。

ゆるやかな力で、敏感な尖りを指の腹で擦られているとエミリアの足は勝手に開いていく。それに、指に合わせるかのように腰がうねってひとりでに動いていた。

「はぁっ、や……下着、濡れちゃう……」

脱がしてほしい、そう言外に伝えたがルーファスは含み笑いで答えた。

な笑みにも見える。

「構わない」

彼はやけに楽しそうで、それはエミリアにも喜ばしいのだが、何故かとても意地の悪そうな笑みにも見える。

「あ、やぁ……恥ずかしい……」

「ふふ。俺はエミリアが恥ずかしがっているのが嬉しいよ。その姿を見るのも楽しいし、辱《はずかし》めているのが俺だというのが堪らない」

「そ、んな……っ、ルーファス……っ、あっ、ひぁぅっ！」

喋っている途中に、ルーファスはぷっくり膨れた尖りを下着ごと指できゅっと摘《つま》んだ。その刺激に声をあげてしまうエミリアに気を良くしたように、摘んだまま擦ったり上下に扱《しご》いたりとそこばかりを虐める。

エミリアは彼の狙い通りに腰をくねらせ、感じ喘いだ。

「あっ、ふぁぁっ……！　ひゃんっ、ルーファス……っ」

ルーファスはまた、エミリアを決して頂上まで導かず、中途半端に快楽を与えては手を緩めてしまう。エミリアが感じ、身体を悶《もだ》えさせるのが楽しいらしい。

「エミリア、嫌だと言いながらも気持ち良いんだろう？　此処は悦んでいる」

そんなことを言いながら、ルーファスは下着をずらし縁から濡れそぼった蜜口に指を浅く挿《い》れた。そのまま掻き混ぜ、ゆるゆる出し挿れを繰り返すと其処からはぴちゃぴちゃという水音が大きく鳴った。

「やっ、恥ずかしい……っ、止めて……っ」

羞恥で嫌がるエミリアに、ルーファスは笑みが止まらない。

「嫌がることはない。これは、君が俺を受け入れ感じている証拠なんだから」

「っ、でも……っ」

「エミリア、君から俺にキスしてくれ。俺をどう思っているか、態度で示してほしい」

エミリアは素直に頷いた。ルーファスがそれで喜んでくれるなら、エミリアにも嬉しい。

彼の首に腕を回して、おずおずと唇を寄せる。ちゅ、と軽く触れ合わせた後、ちろりと舌で彼の唇を舐めてみる。ふ、とルーファスの息が乱れたような気がした。

エミリアは少し嬉しくなった。彼も感じているのだろうか。

もっとしたい、そう思ってエミリアは更に舌を差し出した。彼の唇が開いて咥内に迎え入れられる。

それでも懸命に舌を動かして愛撫しようとしたが、逆に搦《から》め捕《と》られた。舌を思う様吸われ、擦り合わされるとたちまち主導権はエミリアから奪われた。彼を気持ち良くしてあげたいという願いどころではなくなる。

舌を誘い出された形でキスを続けながら、ルーファスは指での中の愛撫も止めない。挿入する指を増やし、二本の指をばらばらに動かし一番感じる箇所を掠《かす》めていく。

「んっ、ぅっ……」

どちらの唾液《だえき》かも分からないほど混じり合ったものが、エミリアの唇の端からたらりと零れていく。キスは続けられ、ねっとりと舌を舐め、絡められる。

ルーファスは中の指をわざとゆっくり出し挿れし、エミリアを焦らし高めていく。二本の指先が中の媚肉の感じるツボを押すように指を曲げ、偶然かわざとか、親指も陰核《いんかく》を潰すように当たった。

そんな風に、中も外も同時に責められ、キスされていると頭がぼうっとする。色んな快感がエミリアの体内を渦巻き、急激に押し上げられていった。

「んぁっ、ぅーっ！　あぁっ、んぁぁっ！」

もう止まれなかった。エミリアは腰を揺らし、足を開きながら達してしまった。

ルーファスはキスを止め、エミリアの顔を覗き込みながら楽しそうだ。

「本当に感じやすくなったな。まだイかせないでおこうと思ってたのに」

「っ、やだぁ」

簡単に達してしまった事が恥ずかしい。顔を背けるが、身体は蕩けて動けない。

それに、ルーファスが「エミリア、こっちを向いて」と囁くと、いくら恥ずかしくても言う通りにしてしまう。

もうエミリアは、ルーファスの想いの全てを受け入れている。だから、彼自身も受け入れやすいように素直に全てを脱がされた。

ルーファスも手早く服を脱ぎ、二人共に生まれたままの姿となる。覆いかぶさる彼に、エミリアは手を伸ばし抱きついて自ら足を開いた。

肉棒の先端を蜜口に宛がわれると、エミリアの身体は期待で震える。その先の快感を教え込まれたからだ。

ルーファスがゆっくりと腰を押し進め、突き挿れてきた。

「ああっ、んん……っ」

中を割り開かれ満たされる感覚も、引き抜かれずるりと肉棒がなくなる感覚も、どちらも気持ち良くて吐息に声が混じる。

交わりの最初、ルーファスはゆったりと動いてくれる。

エミリアもうっとりと感じてとろとろと蜜を零し、快楽を高めていった。

素直に感じているエミリアを、ルーファスは目を細めて見下ろした。そして、ふふっと笑うとエミリアの片足を己の肩に担ぎ上げてしまった。

「あっ、ルーファス……っ」

「この方が、より深くお互いを感じられる。もっと気持ち良くなるといい」

ルーファスは心持ち斜めにお互いを合わせると、根元まで自身を挿入した。そのまま腰を引かずに、擦りつけるように上下に動いている。こうされると、エミリアは奥まで貫かれたまま、一番感じる尖りも擦られ両方を刺激されてしまう。

「ひぁっ、あっ！　あぁんっ！　ふぁっ、ぁあっ……！」

内と外の同時を気持ち良くさせられ、エミリアは素直に感じていた。

今までの、こんなことしている場合ではないという気持ちはなく、ルーファスのするがままに身を任せても良いと心から想っているからだ。その心情は身体にも現れ、リラックスして快感だけを得ている。

ルーファスは誘われるように、エミリアの尖りを擦りつけながら、更に奥まで自身を押し込んだ。既に最奥《さいおう》まで届いている肉棒に、エミリアは一層感じ喘ぐ。その時、エミリアの身体はもっとルーファスを受け入れた。

子宮口まで届いていた彼自身が、ずぶりとその奥にまで入り込んだのだ。今までの快感とは次元が違う、文字通り痺れるような快楽がエミリアの全身を襲った。

「はっ、はぅっ、ぅぅっ……！」

声も出せずにはくはくと息をしているだけのエミリアだが、ルーファスも動けない。エミリアの中があまりにもきつく自身を締め上げ、搾《しぼ》り取ろうとしている。何層もの肉壁がそれぞれにばらばらの動きをしながら、ルーファスを搦め捕っていく。

「くっ、ぅ……っ！」

必死に堪え、すぐにでも放《はな》ってしまおうという快楽をルーファスはやり過ごす。

先に達したのはエミリアだった。

「あひぃっ、あぅっ、ぅぁぁぁっ！　あーーーーーっ！」

絶叫しながら、エミリアはがくがくと痙攣《けいれん》し絶頂から飛び降りた。

それと同時に、ルーファスもエミリアの痴態に唆されすぐに精を放出してしまう。一気に持っていかれて息も出来なかった。

ルーファスの精液は信じられないほど長い間、どくどくと放たれ続けた。

エミリアの心臓は、痛いほど鳴って何も聞こえない。身体が弛緩《しかん》してしまって、足の間からはとろとろと漏らしたように蜜が溢れ出る。

そのまま、エミリアは気絶するように眠ってしまった。

「はぁっ、ふ……」

ルーファスは、そのままエミリアの上に倒れ込みそうになるのをなんとか回避し、ずるりと引き抜いてエミリアの横に身体を転がした。信じられないほどの快感だった。頭も身体も、どうにかなりそうだった。

あれは、きっとエミリアが心から受け入れてくれたからだろう。

すぐには立てないほどの快楽だ。この体位を楽しむには時と場所を選ぶべきだ。

明日の大事な儀式に、婚約者が腰が立たずに欠席などという事態に陥《おちい》っては大変だ。

どうにか息を落ち着かせると、ルーファスは起き上がってエミリアの身体を清めてやった。拭いているうちに、エミリアもふっと目を開けた。

「エミリア、気がついたか」

「あ……」

「大丈夫？　起き上がれるか？」

ルーファスの言葉に、エミリアは身体を起こそうとするが上手く力が入らないようだ。すっかり腰砕けの状態になってしまっていた。

ルーファスのほくそ笑むような笑みは止まらない。にやにやとしながら口を開いた。

「エミリア、身も心も俺に開いてくれたことが嬉しいよ。後は俺に任せて休んでくれ」

「あの、でも、大丈夫だから……」

「いいから」

ルーファスはゆっくりとエミリアの全身を拭いていった。足の間を念入りに拭いていると、ルーファスが吐き出したものとエミリアの蜜が次々零れて止まらない。ルーファスの雄がまた、力を取り戻してきた。再び、彼女を味わいたいという欲望のせいだ。

エミリアがそれを見て取ったようで、焦ったように言う。

「あの、あのっ、ルーファス、もういいから……っ」

「もう一度、エミリアを抱きたい」

「だって、明日……」

もう既に儀式は今日になっている。疲れきったエミリアが、早く寝て明日に備えたいという気持ちも分かる。だが、ルーファスは浮かれていた。強要されて傍に居るだけではなく、望んでルーファスの隣に立つと言ってくれているのだ。

エミリアの抗議を、唇で塞ぎゆっくりと覆いかぶさる。手と唇で可愛がってやると、すぐにその唇から漏れるのは愛らしい嬌声《きょうせい》となった。

こうして、エミリアはもうしばらくの間ルーファスによって啼《な》かされることになったのだった。

その日は雲一つない晴天だった。

しかし、儀式が始まる前から情勢は荒れ模様であった。

王城にある王の間に出向いたルーファスとエミリアは、王への挨拶《あいさつ》の為に待機していた。

そこにはたくさんの人たちが行き来してまるで落ち着かない。

侍従らしい人が大慌《おおあわ》てで行ったり来たりした後に、完全武装した騎士が入室してくる。何事かと目を瞠っていると、ルーファスがそっと耳打ちした。

「どうやらメイナード国との国境で小競《こぜ》り合いがあったようだ」

メイナード国とはこのヴィレカイム王国の西側に隣接している大国だ。エミリアの祖国とはヴィレカイム王国を挟むことになり国境線もなく、あまりその国のことは知らない。

それにしても、今このタイミングで小競り合いとはどういうことなのだろうか。不安そうにするエミリアに、ルーファスがまた囁《ささや》いた。

「あれが軍事司令と、この国一番の騎士団を抱える団長だ」

どちらも、宰相サディアスと共に昨夜やってきたのを見た。

やはり、国の危機ともあれば派閥など関係なく一丸となって戦うのだろうか。

エミリアが二人を見ていると、間もなく王が入室してきた。皆が頭を下げて王を迎え入れる。

すぐに軍事司令が進み出て進言した。

「メイナード国が我が国に侵攻しているという情報が入っております。わたくしとライナス騎士団が軍勢を率い、すぐに鎮圧して参ります」

「……二人ともか？」

王が確認すると、軍事司令は恭《うやうや》しく礼をした。

「はい、わたくし自らが参ります。大軍が出てくるという情報もあるので、一気に叩きすぐに戻って参ります」

「……よきにはからえ」

王の承認を得られた二人は、鎧《よろい》を鳴らして足早に出て行った。

すぐさまルーファスが父王に声をかける。

「これで王都は空っぽになりましたが」

「儀式が行われる大聖堂は、メイナード国との国境からの道を真《ま》っ直《す》ぐ王都に向かう途中にある。万が一の可能性を消す為には、此方《こちら》からも軍を差し向けるしかないだろう」

「それに、行くと言い張る者を行くなとも止められない、ですね」

王が頷《うなず》いてから、ルーファスとエミリアに向かって口を開いた。

「向こうも色々必死だということだ。此処から大聖堂までの道程《みちのり》も気を付けて行くように」

「はい。ヒューゴーを筆頭とする護衛団に護らせています」

エミリアは膝を折って礼をしながら、何が起こっているのだろうか……と不安でいっぱいだった。

王の言葉の『向こうも色々必死』とは、一体どういうことなのだろうか。まさか、と考えたくもないが隣国の侵攻まで宰相が裏で何かしているのだろうか。

大聖堂までの馬車の中で、ルーファスと二人きりになったエミリアは尋ねてみた。

「先ほどの鎮圧軍の出兵と今日の儀式、何か関連はあるのでしょうか」

ルーファスはあっさりと言い放った。

「勿論《もちろん》、全てサディアスの企《たくら》みだろう」

「そんな……一体どうして……」

他国の侵攻があったというのは嘘で、それでも出兵させたのだろうか。それとも、侵攻が今日起こるように、隣国の軍さえも動かしたのだろうか。

何もかもが分からず不安と戸惑いで揺れるエミリアに、ルーファスは冷静に説明する。

「明日が終われば、サディアスも今までと同様には振る舞えなくなる。必死にもなるというものだ。立太子となると、俺にも決定権というものが発生することになる。今までは、言葉を発することは出来てもなんの実権もなかった……先日、父上も言ったが王と太子の力を合わせると二対一、数の上では宰相に勝てることにもなる」

「政治力、ってことかしら？」

ルーファスは頷いて続ける。

「勿論、サディアスが取り込んだ有力者の数は閣議決定出来る大多数だし、そう簡単ではないだろう。しかし、俺は得られた権力を拡大していくつもりでいる。サディアスを追い落とすまで手を緩《ゆる》めない。それを奴も分かっているんだろう」

「だから、どんな手を使っても今日の儀式を止めさせたいのね……」

ルーファスが頷いて、不吉に続ける。

「恐らく、隣国に資金を援助して事を起こさせたんだろう。それだけで済むとは思えないが」

「…………」

他にも、何か起こるということだろうか。この馬車にも護衛が付いている。まさか、という事態があるのかもしれない。

エミリアはぎゅっと拳《こぶし》を握って、息まで止めてしまった。それを見たルーファスが、ぽんと肩を叩いた。

「力を抜いて。大丈夫だ、任せろ。俺は今まで、どんな窮地《きゅうち》も切り抜けてきた」

そうだ。ルーファスは今までずっとこんな苦境に居たのだ。そして、全てをねじ伏せ今ここに居る。昨日今日、少し怖いと思ったくらいで脅《おび》え縮こまっていると、今日は乗りきれないだろう。エミリアは深呼吸して頷いた。

「ええ。ルーファスが居るから……」

二人は手を取り頷き合う。しばらくして、馬車が停まった。ルーファスはエミリアに軽くちゅ、と口付けてから降り立った。

エミリアも、続けてルーファスに手を取られ降りる。

目の前には荘厳な大聖堂と、そして周囲を守る騎士たち。騎乗した兵と歩兵が多数居る。今日の儀式の為に集められた兵たちだろう。

「ヒューゴー、後は頼む」

「ハ！」

ルーファスがそう言ったのを聞き、エミリアも礼をした。どうか今日これから、よろしくお願いしますと兵の皆に心を込めて願った。

ルーファスに伴われて大聖堂に入っていったが此処からは別行動になる。

ルーファスは立太子専用の控室へ。エミリアは王族の一員として席を宛《あて》がわれ先にそこに座ることになる。

エミリアが大聖堂の中に入ると、既にたくさんの人たちが席に着いていた。この人たちの皆が、要人であり尊い身分の貴人なのだ。

宰相、サディアスの姿もある。

エミリアに用意されていた席は、彼とほぼ対面に当たる前列にあった。

エミリアは気おくれしないよう、でも目立たないように席に滑り込んだ。そして、背筋を真っ直ぐに姿勢を正しくと心掛けて、じっと式の開始を待った。

皆が待ち構えていると、やがて儀式が始まる鐘の音が鳴り始めた。

代々の王がここで誕生の儀式をし、成人や即位の式典を行い、そして眠りにつくのだ。

大聖堂の中は荘厳な雰囲気でしんとしていた。先《ま》ず、王が入場する。その次が、ルーファスだ。

鐘の音と共に、ルーファスがゆっくりと歩いてくる。白と金を基調とした儀式用の衣装で堂々と登場した彼は、やはり王族の威厳というものを纏《まと》っていた。

ここにいる出席者の皆が名家の出の人たちとはいえ、全員が王を敬い、尽くそうとしているわけではない。それでも、この王国の歴史と共に家を為している人々だ。聖堂内に漂う厳粛さと、次代の王はこのように立派な人物で王国は安泰であるという安心感が皆の心を高揚《こうよう》させた。

きっと彼は聡明な王になる。

それが皆にも確信出来るような光を発散していて、見ている人の胸を自然と高鳴らせるのだ。

エミリアも、彼を見ているだけで胸がいっぱいになった。

あの細く小さく、毒に倒れ伏していた少年が立派になって……という気持ちと、彼を助けられて良かったという想い。

それに、彼がエミリアに助けられたことをずっと心の支えにしていたことを思うと、なんだか自分がしたことも誇らしく感じる。そして、ルーファスに自身が求められていることも。

最初は、騙《だま》され連れて来られ、帰してほしいのに無理矢理囲い込まれた。

その後は、一方的な気持ちを押しつけられて恐ろしいほどだった。それでも傍に居たのは、成り行きと同情だった。

それなのにいつの間にか放っておけなくなって、彼の心に寄り添いたいと思うようになったのだ。

ルーファスはずっと想っていたと、そう言い続けてくれた。エミリアが疑ったり信じられなくても、苛立《いらだ》ったり激高《げっこう》せず気持ちを伝え続けてくれた。取り繕わず、正直な気持ちで常に接してくれたから彼を信じるようになったのだ。

大聖堂の中は皆、感慨《かんがい》深いといった面持ちで儀式の進行を見守った。

この大聖堂を守る神職によって粛々と進行された儀式は、ついに三代前の王弟、マイヤー公によって立太子の宣誓がなされた。

「改めて、ここにルーファス王子を太子であると承認する！　証人はここに居る皆々様である！」

高齢のマイヤー公は話すのもゆっくりだが、存外に声は大きくしっかりしている。彼もこの場の雰囲気に高揚《こうよう》しているのかもしれない。

宣言を受け、ルーファスは皆に向き合った。胸に手を当て優雅な一礼をする。

それを見た皆は歓声をあげた。ルーファスが王太子として就任しその宣言の証人となったことを喜んでいるのだ。この場の皆が歓喜の輪の中に居た。

ただ一人、宰相サディアスを除いて。

彼はただ静かに、ずっと待っていた。

己が撒《ま》いた種が芽吹き、実がなり、そして手中に収まるのをただ待っていたのだ。そして、その一報は彼の計画通りに舞い込んだ。

式典の最中だというのに、王宮の兵士らしい男が大聖堂の中に駆け込んできた。

皆は怪訝《けげん》な顔で、誰がなんのために来たのかと胡乱《うろん》げに見守る。

駆け込んできた兵士は最前列まで転がるように駆けて、膝をついて大声を出した。

「ほっ、報告! 報告致します! 失礼致します!」

「何事だ」

ルーファスが尋ねる。兵は息も荒いまま応えた。

「お、王城に! 敵が迫っております! 北方より市街地に侵入した賊は、住民を殺戮《さつりく》、街に火をつけ一直線に城を目指しているようです!」

「敵の数と正体は?」

「数は凡《およ》そ三万! 敵は、王国権力の転覆《てんぷく》を狙う無国籍軍、のようです! どの国の国旗も持たず、軍らしい統制はありませんが、勢いが止められません!」

報告が聞こえた前方に居る者は皆、ざわつき一様に話しだした。

まさかそんな、本当なのか、何故《なぜ》……。

そこにすっくと立ち上がったのは宰相、サディアスだった。彼は朗々と響く声で言い放った。

「今、王都に危機が迫っておる! 侵入した敵は王城を目指し行軍中だが、その敵を止める騎士団の大半は西方、メイナード国との国境に向かっておるのだ！」

「なっ、なんと！」

「反乱かっ！」

皆がざわざわと動揺する中、サディアスは落ち着き払って続ける。

「すぐにでも賊軍鎮圧の軍議と、此処に居る皆々様の避難を始めねばならぬ！　立太子の儀は中止だ！」

どよめきの中、サディアスの宣言が場を支配する。

エミリアは胸が潰れそうだった。まさか、こんな風にしてまで中止に追い込むなんて。

それに、罪もない一般市民が犠牲になっているらしい。なんてことだろう……。

エミリアがぎゅっと胸の前で両手を握り合わせていると、ルーファスの頼もしい声が聞こえた。

「立太子の儀は最後まで行う。中止にはしない！」

はっとして、エミリアはルーファスに視線を送った。

彼は諦《あきら》めた表情ではなかった。それどころか、瞳に強い意志が煌《きら》めき今から闘おうと言わんばかりだ。

サディアスがキッとルーファスを睨《にら》みつけたが、すぐに王へと視線を転じ威圧的に言う。

「王よ、ご決断を。早く避難と軍議を開始しなければ大変なことになりますぞ！」

サディアスが何か言った時、王は常に『よきにはからえ』としか答えなかった。それは皆も周知のものであるし、当然、今回もその答えが王の口から出ると皆は信じて疑わなかった。

果たして、王の口から返答があった。

「座れ、サディアス。立太子の儀を続ける」

だから、王の言葉がそんなものになるとは信じられなかった。誰もが、サディアスさえも耳を疑った。

「今、なんと？」

聞き返すサディアスに、王は飄々《ひょうひょう》と答える。

「聞こえなかったのか？　立太子の儀を続けるから早く座れ」

「これはこれは……ご自分が何を言っているのかお分かりですか？　今、王国は存亡の危機。三万の敵兵を止めるには、王城の兵士だけでは足りないというのは理解出来ますかな」

「それは分かっている」

王の答えに、サディアスはどうしようもない暗君に説くような説明を始めた。

「それでは、兵を呼び戻しどう敵を迎え撃つか決定しなければいけないというのも分かる筈《はず》。王城まで戻す時間がなければ、この大聖堂が戦いの場となってしまいますぞ。この神聖なる大聖堂で、来賓の方々がいらっしゃる場を戦火の海となされるつもりか。歴史に名を残す王となられるでしょうな、勿論悪名という意味で」

その問いに応じたのは王ではなくルーファスだった。フッと不敵に笑って口を開く。

「お前の案は、西に居る軍事司令とライナス騎士団を呼び戻すのみか。そして合流する為だと俺たちにも西に移動することを提案し、混乱の中暗殺する……」

「……なんの話ですかな」

「他にも手はある、という話だ」

ルーファスの話にとぼけながら、サディアスは堂々と問うた。

「では伺《うかが》おう。一体どんな手があるのだ？　この大聖堂に守備を割《さ》き、王城の兵は三千にも満たない。その三千で三万に打ち勝つ方は？」

「王城の兵は、三千ではない。一万の兵が待機している」

サディアスがまさか、と疑《うたぐ》るような表情でルーファスを見つめている。

彼の知るところでは、そんな兵の動きはなかったからだ。軍事司令の命もなく、立太子もしていない王子の一存でそんなことが許されるわけがない。

そして、軍事司令は全ての兵の動向を宰相に報告している。だから、ルーファスに兵を動かすことは不可能な筈だ。

そこでふと、サディアスは目を王に転じた。

いつになく強い視線は、いつもの彼の愚兄《ぐけい》……なんの役にも立たず、ただ血筋だけで王座に留まっている無能な王らしくなかった。

その王が言った。

「勅令《ちょくれい》だ」

「なんだと……！」

「南の守備兵を王城に移動させるよう、王印を使った」

「貴様《きさま》ッ！　勝手にそんなことをして許されると思っているのか！　責任問題だぞ！」

激高するサディアスに、王の飄々とした態度は変わらない。

ルーファスも不敵な笑みのまま口を開く。

「地が出ているぞ、宰相。それに、移動させたのは南の兵だけではない。東の、エルトワ王国との国境に居た兵も一万、既に王城目指し行軍している」

「そんな勝手が許されるわけがないっ！　もしエルトワが攻め込んできたらどうするつもりだ！」

サディアスの詰問《きつもん》にも、ルーファスの落ち着きは失われなかった。

「それはない。エルトワ王国が出兵することはない」

「何故そう言いきれる？」

「何故なら、エルトワ王国の娘を王太子妃とすると使者を送ったからだ。我が二国間には、既に強固なる同盟を結んである」

突如、エミリアに視線が集中した。

エミリアは内心どぎまぎとしたが、怯むわけにもこのままここで時間を取らせるわけにもいかないと思う。その気持ちを座ったまま、口をした。

「皆様もご着席ください。立太子の儀の続きを」

サディアスが納得出来ないように言う。

「勝手なことを！　後できっちり糾弾《きゅうだん》させてもらおう。それに、その兵が全て動いたとしても、敵三万に対し二万だ。勝ち戦になるかどうかは、大いなる賭《か》けだろう」

「いいや、勝てる！」

ルーファスは自信満々に言い放ったのだった。


王城を前にした前線の激戦区。そこに、ヒューゴーは居た。

大聖堂までルーファスたちを護衛した後、すぐに王城近くの市街地まで引き返していたのだ。彼は騎士たちを率いながら檄《げき》を飛ばす。

「もうすぐ東の国境から応援部隊がやってくる！　これ以上敵を中に入れるな！」

「おぉ！」

それぞれに敵と戦いながら、兵士たちは、昨日の夜城内に集められルーファスが激励に来たことを思い出していた。

　ここに集められている兵士の大半は、南方に駐屯している戦闘経験のある者だ。南方の国境では小競り合い程度だが争いが何度かあった。

　その経験を見越して、ルーファスと王は市街戦の主力として兵士たちを呼び寄せたのだ。

　だが、叩き上げの兵といわばエリートである王城の近衛騎士たちとはまるで接点がない。むしろ反目し合いそうな勢いだった。

　近衛騎士たちは不作法でがさつな兵たちに眉をひそめるし、南方の兵たちにとっては実戦経験のないお坊ちゃまたちなど足手まといにしかならないと軽んじる。

　そこに、ルーファスから話があると昨日の夜、城内の広場に全員が集められたのだった。

　南方の兵たちは、王子というものがどんな顔をしているのか見てやろうという野次馬気分であったし、近衛騎士たちは余計なことをされても困ると口には出さないが渋々集っていた。

　そんな雰囲気の中、現れたルーファスだったがやはり皆はおお、と目を瞠った。

　王族の威厳は、彼の話を聞こうと兵たちに思わせたのだ。それを見越したように、ルーファスが口を開いた。

「ヴィレカイム王国王子、ルーファスだ。先ずは勅令に応じ王都に駆けつけ、反乱軍鎮圧の任に就いてくれたことに礼を言う」

　一万の兵と騎士たちが皆、ざわりと肌を粟立《あわだ》たせた。

　反乱軍の鎮圧に王都へ、ということは明日、おそらく百数十年ぶりにこの地が戦場になるということだ。

そもそも、反乱軍が現れるやもしれない、という話は上層部の士官クラスにしか伝えられていない。戦場では、末端の歩兵などには一々状況説明などなく、命令のみが下されることが多い。

それを、この王子は何を言おうとしているのか。皆が姿勢を正し耳をそばだてた。

「明日、恐らく王都に二万から三万程度の兵が襲撃するだろう。奴らの狙いは王城、そして大聖堂だ。国家転覆を企む、反政府軍と謳《うた》っているが実態はただの盗賊、略奪者の類だ。その反乱軍を、この一万の兵力で押さえなければいけない」

皆、固唾《かたず》を呑んで聞いている。ルーファスは続けた。

「事が起こるまでに兵を動かすと、その手薄になった場を攻め込まれるかもしれない。それ故、東方からの応援部隊は明日しか移動出来ないのだ。しかしこの場に誰も配置しなければ、罪のない王国の民たちが無数に命を失うことになる」

「まさか、その為に我らを……！」

南方の兵士の一人が礼儀知らずにも声をあげる。しかしルーファスは咎《とが》めるでもなく頷いた。

「そうだ、だから南方の一部の兵を極秘で移したのだ。皆には反乱軍を押さえると共に、王都の民たちを守ってもらいたい。その為に、国で一番戦歴のある経験豊かな南方の兵士たちを迎え入れたのだ」

おおお、と兵たちがどよめく。

王族などというものは、何も知らず呑気《のんき》に王都で暮らしていると思っていた。

まさか、自分たちが戦いを繰り返していたことをこの王子が知っているとは、と不思議な実感をしたのだ。それは、まるで王族に認められたかのような高揚感を南方の兵に与えた。

そしてルーファスは続ける。

「ただ、本日召集した南方の兵は土地勘もなく、王都の市街地での戦闘は未経験だ。指揮に当たるこの近衛騎士団の命を受け、従ってほしい。この者たちは、俺が数々の暗殺を仕掛けられたのを防いでくれた手練《てだ》れたちだ。彼らが居なかったら、今この場に俺は居なかっただろう」

近衛騎士たちは、王子がこんな風に思っていたとは初めて知った。ルーファスがそんな話をしたのは初めてだったからだ。光栄なことだと胸を張る。

南方の兵士たちも、エリート騎士が城内でぬくぬくと暮らしているわけではなく、陰謀渦巻く世界を切り抜けてきたのだと、自身にはあまりない知力というものを感じ入った。

兵たちがお互いを認めた瞬間だった。

ルーファスは更に続けた。

「本来なら、俺も共に戦わなければいけないのだろう。しかし、俺にも別の戦いが待っている。大聖堂で、また違う戦いに身を投じることになるのだ。だが、心は共に在る」

ルーファスの鼓舞に、皆は乗った。騎士たちの気力は満ち溢《あふ》れていた。

そしてその気力と団結のまま、戦いを迎えたのだ。士気は高く、誰もが一歩も引かない。

これはいける、持ちこたえられるという手応えがあった時に、敵の背後から歓声とヴィレカイムの王国旗が立ち上がった。援軍が間に合ったのだ。烏合《うごう》の衆である反乱軍が逃走するのも時間の問題だろう。

ヒューゴーは大声で指示を出した。

「将官クラスは生きたまま捕えろ！　尋問して黒幕を吐かせる！」

ヒューゴーは、この勝利の内の一部はルーファスの演説のお蔭でもあると理解していた。ルーファスが話をしなければ、勝てたかもしれないが苦戦は免《まぬか》れなかっただろう。彼のお蔭で皆が一致団結出来たのだ。

そして、ルーファスの変わり様に驚きもあった。今までのルーファスなら、それが仕事だと、その分の報酬は支払っていると冷淡に言い放ったことだろう。彼が変わった原因ははっきりしている。

エミリアだ。

ヒューゴーは当初、ルーファスがエミリアを迎え入れたことに賛成出来なかった。王家というのは血筋も重要視すべきだ。国内の高位貴族か、他国の王族からルーファスのお妃を迎え入れた方が権力の強化にもなる。そう思っていた。

しかし、ルーファスは変えられていった。温かなエミリアに溶かされるように、人の心を取り戻していったのだ。

その変わっていく過程を見ながら、内心穏やかではいられなかった時もある。

今から思えば、ルーファスの変化に戸惑い、心配だったのだろう。自分たちは何も変わらないまま、主の内面が少しずつ変わっていくというのは不安を覚えるものなのだ。

図書室でエミリアについての話を本人に聞かれてしまったこともあったが、彼女は騒ぎ立てたり、ルーファスに言い付けたりせずに耐えていた。でもそんな噂《うわさ》があったとルーファスに詳細は伏せて尋ね、誤解を解き合ったらしい。

もし二人が不仲になってエミリアが母国に帰るとでも言い出せば、今この状況はあり得なかった。そう思うと、その原因となるところであったヒューゴーは背中に冷たいものが伝う。本当に、全てが良い方へと動いて良かった。

エミリア付の侍女であるホリーがエミリアのことを庇《かば》った時は、ルーファス同様誑《たぶら》かされてしまったのかと失礼な態度を取ってしまった。ホリーは気分を害していたようで、あの後は話しかけてもそっけない返事しか貰えなかった。それでもエミリアの近況を尋ねると、彼女は穏やかで波風を立てないような性格であるが、ルーファスを諫《いさ》めることもある芯の強さを持つ女性であると言っていた。

今なら、ヒューゴーもその意見に賛成だ。ホリーには悪いことをしてしまった。後で何か話せたらいいのだが。


主を護ることこそ騎士の誉《ほま》れ。金の為だけに仕えているわけではない。

欲しいのは名誉だが、それ以上に、主に認められ、それを言葉で伝えてもらえるのを渇望《かつぼう》していたのだとヒューゴーは初めて知った。

それを与えてくれたのはルーファスだが、彼をそのように変えたのはエミリアだ。以前のままのルーファスだったら、絶対に昨日のような演説はしなかっただろう。

今頃、ルーファスとエミリアも別の戦いの場となっている大聖堂に居るだろう。願わくば、此方《こちら》でも向こうでも完全なる勝利を。

ヒューゴーはそんなことを願った後、再び前線指揮へと意識を戻したのであった。


「も、申し上げます！　引き続き市街地で戦闘中ですが、東の守備兵一万が到着！　先発隊と協力し敵兵を北に追い上げており優勢！」

大聖堂にも逐一《ちくいち》、戦闘の情報は入っていた。

宰相サディアスは折れずに儀式の中止と、大聖堂からの避難を呼びかけていたが戦況有利の報が流れると、皆は次々と着席していった。

ルーファスが立太子として権力を得るのを見守る為に。

そのルーファスが冷静に、使者への指示を出す。

「敵将を捕えた後、尋問する。儀式が終わり次第駆けつけると伝えよ」

「ハッ！」

使者が駆け戻っていくのを見守った後、ルーファスは真っ直ぐサディアスを見ながら言った。

「敵の背後関係、黒幕を徹底的に暴《あば》いて断罪する。今の俺には、その力があるのだから」

「……！」

現状の展開は、サディアスにとって全く予想外だった。

現国王が即位して三十年余り。その間、王が自発的に何かを為したことは一度もなかった。

国王の勅令など、どんな細事に至るまでも出したことはない。実の息子にも関心がなく、王子との間には常によそよそしい冷たい風が吹いていた。

祖父であった宰相の時代から、サディアスの一族は常に政治を思うままに操り望む通りに国政を牛耳《ぎゅうじ》ってきた。

それが、一体何故、どうして。

ルーファスがさっきちらりと言った通り、この大聖堂からの避難の途中、伏兵により王と王子には命を落としてもらう予定だった。

そして王城で暴れている反乱軍を、西に居るライナス騎士団が鎮圧する。その時、先頭に立ち事態を収拾するのが宰相であるサディアスだったなら、次の王は彼がなるべきだと誰もが望むだろう。

反乱軍には潤沢な資金と武器を、秘密裡に援助していた。サディアスの息のかかった者も中に居る。王城まで近付けば、中から城門が開きあっという間に城が落ちる手はずになっていた。

尋問など、そんなことをさせるわけにはいかない。

サディアスがそう決心している間にも儀式は進み、現在は王太子に相伝される宝刀が王より授けられている。代々、立太子の際に王から王太子に継承されている守り刀だ。

あれを親授されるともう立太子の儀の終わりが近い。王子ルーファスも、国王アレクシスも落ち着き払って見える。これ以上つついても無駄だろう。

何か、突破口が必要だ。この状況をひっついても無駄だろう。

何か無いのかと、サディアスは周囲をゆっくりと見回した。

（あれは……）

サディアスの視線の先には、エミリアが居た。

宝刀伝進の儀の後は、王太子による立太子宣言と拝礼、そして宰相の寿詞《よごと》だ。だが時間の都合上、割愛されることとなった。何より早く終わらせなければいけない、そう主張したのはサディアス自身だったが今や妨害をせんとする立場になっていた。

彼はすっと立ち上がった。

皆が、驚いたように宰相を見つめる。

「殿下、この度はおめでとうございます。老婆心《ろうばしん》ながら、一言申し上げましょう。そこの娘、殿下の婚約者とかいう女は何者なのかきちんと調べているのですかな?」

突然、宰相が自分のことを言い出した。その瞬間、エミリアの心臓は跳ね上がった。内心では動揺するが、ぎゅっと手を握って落ち着くよう自身に言い聞かせ、じっとサディアスを見返した。

ルーファスは静かに返答した。

「勿論、調べつくしている。彼女の身に後ろ暗いところは何一つ存在しない」

だがサディアスはそんなことを聞かずに主張を続けた。

「外国の娘、それも身分もない女……王子を誑かす為に送り込まれた密偵やもしれぬ。いや、それどころか、この女が来てからすぐ反乱軍が王都に現れるというのも時機が良すぎる」

「……！」

まさか、この反乱の全てをエミリアのせいにするつもりなのだろうか。

頭の中が真っ白になって、心臓ががんがんと鳴りだした。半ば、恐慌《きょうこう》状態に陥《おちい》るエミリアに、サディアスは止《とど》めを刺す。

「その娘は、何者かも分からぬ卑《いや》しい身分だ。王子に取り入り、王宮に入り込み、そして反乱軍に情報を渡し呼び込んだ張本人やもしれぬ。一体何が目的か、暴かねばならない」

怖くて、身体が震えて、もう目を瞑《つぶ》って耳を塞ぎたい。でも、今逃げだしたらエミリアだけでなくルーファスにまで非難は及ぶだろう。エミリアという危険分子を城内に招き入れたのは王子だ、と宰相が糾弾するのは明白だ。

釈明をしなければ。端的に、正直に二人のことを話すのだ。

エミリアは、震えながらもその場に立ち上がった。震《ふる》える声で必死に言葉を紡《つむ》ぐ。

「わ、私は……確かに、身分のないただの娘です。隣国の、荘園で生まれ育ちました。ルーファス……王太子さまと出会ったのは偶然、彼を助けたからで……」

「それも仕組まれた、最初から謀《はか》られた出会いかもしれぬではないか

だらだらと喋《しゃべ》っていては駄目だ。簡単に、でも核心を突かなければ。エミリアは続けた。

「その時、私は十歳でした。なんの思想も計略もなく、豊かな荘園で陰謀とは無縁の暮らしをしていました。それから八年、ルーファスさまと文通を続けました。彼は私を見つめ続け、

そして愛してくれたのです」

「愛！　これは笑い種《ぐさ》だ。それが一体何になるというのだ。これだから甘っちょろいことを言う物知らずな女は困る」

嘲笑され、頭の中の混乱は深まり立っていられないほど足が震えた。

けれど、エミリアがルーファスを見ると、彼はじっと見守る視線を送ってくれている。小さく頷く彼を見て、頼もしく心強い。

エミリアはふぅ、と大きく息を吐いてから吸って、そして再び口を開いた。

「愛を知らなければ、国と国民を愛することは出来ません。ルーファスさまはこの王国を愛し、そして国の為に命を賭《と》して行動していらっしゃいます。ルーファスさまこそが、次代の王です」

エミリアの言葉に、誰かが拍手を始めた。その拍手が、段々大きくなっていく。皆が拍手をし、そして同意をする。

「そうだそうだ！　ルーファスさまこそが、正当なる王太子だ！」

ルーファスが立ち上がり、すっと片手をあげる。すると、皆が歓声をあげ拍手を続けた。

そして、彼が皆に拍手を止めるよう合図を送ると、すぐぴたりと静かになった。

圧倒的に、ルーファス派が増えていた。もう既に、王子派と宰相派の戦いではない。反乱軍を押さえるとルーファスの勝ちで、そしてそれは目前なのだ。派閥争いに明け暮れる、利に目ざとい貴族たちがそれに気付かないわけがない。

儀式は続けられた。

大聖堂の神職によって祈りと祝いの言葉が送られ、最後に再びマイヤー公によって宣言がなされる。

「これにて、立太子の儀は全て成し遂げられた！ ルーファス王子は正統なる王太子として認められた！ 何人たりともこれを覆《くつがえ》すことは出来ぬ！」

儀式は終わったのだ。皆が立ち上がり、歓声をあげた。

そこにまた、使者が飛び込んできた。

「きゅ、急報！ 近衛騎士団、敵大将を討ち取りました！ 現在、敗走する敵を捕らえることに尽力しております！」

大聖堂の中が更なる歓声で揺れた。

この日、ルーファスは勝利したのだ。長年の苦難の道を漸《ようや》く、日の光が射す暖かな道へと変えて歩んでいける。

エミリアと一緒に。

「俺は今から王城へと向かう。だがその前に……エミリア、君に改めて確認したい。俺と結婚し、王妃となってくれるかの返事を、皆の前でしてほしい」

以前、王に責め立てられ泣かされた時、彼は、

『有無を言わさず連れ去り、後ろに兵を置いて問い詰めるなど』

と父王に抗議をした。

今、彼は有無を言わさず連れ去ったエミリアに、周囲に無数の臣下と神職者たちを置いて質問している。

こんな時だが、親子は似ているとエミリアは思ってしまった。ここで否やと言えるわけがない。

「……ええ、勿論よ」

エミリアも、答えは一つだ。ルーファスが「ありがとう」と囁きエミリアを抱きしめ、唇にキスをした。そして皆に宣言する。

「反乱の後処理が終わり次第、結婚式を挙げる。エミリアを王太子妃とする！」

皆が歓声をあげ、大聖堂の中はお祝いムードとなった。

王もエミリアの許に歩んでくる。

「おめでとう。歓迎しよう、エミリア。そしてルーファス、彼女は私が預かろう。安心して行ってくると良い」

何か反発の言葉があるかと、エミリアは心配そうにルーファスを見守った。いつもの彼なら素直に王に従わないからだ。

けれど、ルーファスは言った。

「はい、父上。行って参ります」

これには、王も驚いたようだ。

「え……いいのか？」

「くれぐれも、よろしくお願いしますよ父上。それから、エミリアには指一本触れないでください。絶対に」

「分かった、分かったよ」

念を押すルーファスに、王も呆《あき》れたように返事をしている。これでこそ、いつものルーファスだ。

こうして、彼は王城へと向かった。


それから……。

反乱軍のうち、捕えられた将官クラスには厳しい尋問があった。その尋問により、捕虜《ほりよ》がサディアス派の重臣と繋がっていることを自白。芋づる式に、反乱に関わった者たちも捕縛《ほばく》され、断罪されることとなった。

多くの者が投獄され、国外追放など流刑を言い渡された。

サディアスは王族ということもあって、辺境の古城に監禁された。もう二度と、日の目は見られないことだろう。

王と王太子の新体制となって、ようやくエミリアたちの身辺も落ち着いてきた。

あの後、ルーファスは事後処理に忙殺され睡眠を取るのもままならず、エミリアとの時間が全く取れずにいた。それが漸く、二人で蜜のような時間を過ごせるようになりつつあった。

が、その前にエミリアにはどうしてもしておきたいことがあった。

その為には、ルーファスを説得しなければならない。エミリアは粘り強く話を続けていた。

「一度、帰りたいの。お父さまとお母さまに直接話したいし、結婚した後となると気軽には戻れないでしょうから」

「だから、それは俺の公務の折を見て、一緒に帰ろうと言っているじゃないか」

「でも、いつになるか分からないし、貴方は今、この国を離れるわけにはいかないでしょう?」

話は堂々巡りに陥っていた。エミリアを片時も離したくないルーファスとしては、短い間とはいえ別の国に離ればなれになるのが我慢出来ないのだ。折を見て、一緒に里帰りしようとなんとか翻意《ほんい》させようとしている。

だが、それだといつ帰れるか分からない。挙式の前に帰っておきたいエミリアは、短い間で良いのでとりあえず顔を見せるだけでも荘園に一旦戻りたい。

それには、事後処理も落ち着いてきた今が一番良いように思えた。一人での帰国になるが、家族水入らずで過ごせるのも最後かもしれない。

そんなエミリアに、ルーファスはじっとりとした視線を向ける。

「エミリアは俺と居られなくても平気なのか」

「そんな、大袈裟《おおげさ》よ……」

「俺と離れて、しばらく二人で居られなくても良いから帰ると言うんだろう」

責める口調になっているが、これはきっと一人にされると拗《す》ねているのだろう。

そう見てとったエミリアは、慌てず微笑んで告げた。

「焦《あせ》らなくても私は逃げないわ。私たちの時間はまだまだこれからたくさんあるのだから。すぐに帰るから、その後ゆっくり過ごしましょう」

穏やかに宥《なだ》めてくれるエミリアに、ルーファスは深いため息を吐いた。

「不安なんだ……君は自らの意思で俺の傍に居てくれると言った。結婚もそうだ。けど、離れてしまえば気持ちが変わるかもしれない。もう戻りたくなくなるかもしれない」

「大丈夫よ、戻ってくるからそんなに心配しなくても……」

「俺だけが君と共に過ごしたいと願っているんじゃないかと、不安になるんだ。俺だけが、ずっと君に恋している」

それは大層素直な物言いで、エミリアは思わずふふっと笑ってしまった。

ルーファスは笑われたと思ってムッとした表情になるが、再会した当初の言動に比べると随分《ずいぶん》微笑ましい。以前のルーファスなら、有無を言わさずエミリアを閉じ込めていたのだから。

エミリアは嘲笑《ちょうしょう》しているんじゃないと弁明するように、にっこりして彼の手を取ってから言った。

「私にとっても、ルーファスは初恋の人よ」

「……！」

驚いて目を瞠る彼に、エミリアは続ける。

「私は、出会ってすぐでは無かったけれど……再会するまでは、どうしているだろうって度々話をしていたし、会いに来てくれた時はなんて素敵な人だろうって思ったもの……」

「では……俺以外の人に恋したことも……他の男に好意を持ったことも無いと？」

「ええ、そうよ」

思わずエミリアをぎゅっと抱きしめるルーファス。吐息混じりに言葉にする。

「知らなかった……」

「今まで、恋ってどんなのだろうって思っていたの……好きな人と結婚出来たらいいなって思っていたんだけれど、でも、テレンスと結婚するしかないのかな、とも……」

「なるほど。それで、今は？」

ルーファスがエミリアの顎《あご》をくすぐるように触れて、上向きにさせる。エミリアは照れたように笑って言った。

「勿論、好きになった人と結婚出来ることになって、とても幸せよ。私たちの間には八年の空白があるんだけれど……」

「手紙は送っていた」

「それは、そうだけれど。とにかく、今からもっと仲良くなれると思っているの。お互い、知らないこともあるはずよ。それで、ゆっくり分かり合いたいの」

「ああ……」

「その為にも、一度帰って気になることを全部精算しなきゃいけないと思っているの」

話を元に戻すと、ルーファスの表情が苦々しいものとなった。甘いだけの話かと思いきや、終着点はそこだったかと腹立たしいのだろう。

それでも、可愛い婚約者の言うことなので一応は聞いてやろうという姿勢になったようだ。

「気になることとは？」

「先ず、第一にお父さまとお母さまに会って話をしたいわ」

手紙で報告はしているが、家族には直接結婚の話をしたい。父母にとっては、

『ちょっと旅行に行ってくる』

そう言ったきり、そのまま他国に滞在してその国の王太子妃になると結果報告しかしてい

ないのだ。これは両親にとっては心配事にしかならないだろう。

普通の家族というものが分からないルーファスだが、これは渋々受け入れるようだ。これについて反対はされなかった。だが、それだけで素直に認める彼でもなかった。重ねて尋ねられる。

「その他には?」

「一応、テレンスに謝らないと。彼には婿養子になってもらうつもりで荘園に来てもらっていたから……」

「フン……」

テレンスの名を聞いて、ルーファスは鼻で笑った。

エミリアが思い返すに、ルーファスはテレンスをまるで見ず、直接口も利いていないような気がする。存在自体を無視するほど、最初から気にくわなかったようだ。

実はエミリアはあずかり知らないことだが、あの訪問の日、ルーファスはわざとテレンスに贈り物を受け取らせ同席させないように仕向けていた。それにシリルに対応させ、宴席で酔わせて早々に眠らせ、翌朝も見送りに来ないよう深酒をさせていた。エミリアとテレンスを引き離す為の策だった。

何も知らないエミリアは、ルーファスが気を悪くしたのではないかと気遣う視線を投げかけた。

「私と結婚出来ないから、荘園のことはお父さまと話をしてもらわなきゃいけないけれど、でももう何か決まっているかもしれないし……とにかく、荘園のこともどうなるか話を聞いておかないと、気になって前に進めないの」

「……分かった」

エミリアの説得に折れる形で、ルーファスは渋々ながらも認めてくれたようだ。エミリアは安堵《あんど》したようにお礼を言った。

「ありがとう、ルーファス」

「ただし、用が済んだらすぐに帰ってきてほしい」

「勿論よ」

エミリアは彼が分かってくれたのだとにっこりと笑う。

ルーファスもその笑顔を見て、ふっと笑った。確かに、彼がエミリアの帰省を認めたのは恋情に他ならなかった。今までのルーファスなら、エミリアを手放すことになるかもしれない里帰りなど絶対に許さなかっただろう。だが、エミリアは縛りつけなくてもルーファスの傍に居ると自ら選んだのだ。それは彼に信じられないほどの喜びをもたらした。

それは、愛し愛されるという実感だった。一方的に欲望を押しつけるだけの言動では得られない、心が満たされる喜びというものを、エミリアはルーファスに知らず知らずのうちに与えていたのだ。その度にルーファスは少しずつ変わっていき、激情で傍から離さない、という期間は終わっていたのだった。

勿論、エミリアがやはり実家から出たくない、とでも心変わりすればすぐにその猶予は終わってしまうだろうが。

こうして、エミリアはなんとか帰省する運びとなったのだった。


懐かしい森林の匂いに、エミリアの胸は躍《おど》った。

わざわざ騎士団に馬車で送ってもらうのは申し訳ないが、これも安全の為だと諭《さと》され、エミリアは護衛騎士と共に帰郷の途《と》についていた。

ルーファスと離れて寂《さび》しいとはいえ、それはそれ。生まれ育った実家に帰れるというのは嬉しいものだ。喜びながらも、エミリアはちらりと思う。

(テレンスと話をしたら、ルーファスは嫌がるかしら)

二人きりにならずに、必要最低限のことだけを話すようにし、先に父と打ち合わせておくようにしようと考える。結果的に、そんなことを考える必要は無かったのだが。

ルーファスが帰省を許したということは、全てを織り込み済みなのだった。

やがて、荘園が見えてきた。先に文で知らせてあったので、馬車が着いた時には皆が出迎えていてくれた。

今まで日常的に会えていた、けれど今では滅多《めった》に会えない面々が揃っているのが嬉しい。

「ただいま！　お父さま、お母さま」

「エミリア、おかえり」

「おかえりなさいませ、お嬢さま！」

父母もジェシカも、代々荘園に住み込んでいる皆も再会を喜んだ。ひとしきり懐かしんでから、屋敷に入ろうとすると、先導したのはシリルだった。

「エミリアさま、どうぞ此方へ。お食事までお茶でも如何《いかが》ですか？」

「そうよ、食事もお茶菓子も、エミリアの好物を揃えておいたわ」

家族水入らずということで、母が手ずからお茶を淹《い》れてくれるがその用意をするのはシリルだった。ジェシカでさえ遠慮をして家族の居間には入室していないというのに。

シリルがそういった奥向きのことをするのを、母は当然と受け止めているようだ。

それに、先ほどからテレンスの姿が見えない。こういう時はいつも部屋の中心に居た筈なのに、外出でもしているのだろうか。

エミリアのもの問いたげな視線に気付いたのだろう、シリルが答えた。

「テレンスさんは王都で働くとのことで、荘園を出られました」

「えっ！　そうなの」

驚くエミリアに、父も頷く。

「そうなんだ。やはり、彼を婿養子に出来ないとなると、此処は縁戚の者の土地と統合されることになるだろう。勿論、今は私もまだまだ元気ですぐに隠居するつもりはないんだが」

「そうよね、やっぱり……ごめんなさい」

「謝らなくていい。とても名誉なことなのだから。それでテレンスだが、このままだと此処には居られないからはっきりさせてほしいとのことだったので、惜しいことだが王都に出向くのを見送ったよ」

「そうだったの……初耳だったから、驚いたわ」

母が荘園の様子を手紙で教えていてくれたが、そんなことは書かれていなかった。

母にとってはテレンスの行く末より、花の咲き具合や収穫の出来だったり、家の修繕についての方が重要だったらしい。

「そういえば、手紙には書いてなかったわね」

ふふっと屈託なく笑っている母を見て、皆が良いならそれでいいのだが、と思う。それに、テレンスも王都で彼らしく働く方が此処に居るより幸せかもしれない。

すると、今度はシリルのことが気になった。元はと言えばルーファスの従者だ。王族に仕えていた人をいつまでも荘園で頼りにするのは良くないだろう。

「シリルは此処に居ても大丈夫なの？」

すると彼は姿勢を正して頷いた。

「はい。私は此処に置いて頂き、王太子妃さまとこの荘園の架け橋になりたいと思っています」

確かに、元従者であれば本国への連絡も勝手知ったるものだろう。ルーファスも言っていた。この荘園に何かあれば、鳥によって急報が国境近くの離宮にもたらされる手はずになっていると。それはありがたいが……。

「でも、それはルーファスに命じられたからでしょう？　本当は王宮でお勤めしたかったのに、この荘園に行くよう無理に言われたなら、申し訳ないわ」

華やかな王宮生活と、田舎の荘園暮らしでは雲泥《うんでい》の差だ。都会で暮らしたい人が命令によって此処に居るのなら辛いだろう。

エミリアはそう思って言ったのだが、シリルは首を横に振った。

「いいえ、実は……私には王城勤めは合わないのではないかと、そう思っていたところなのです」

「そ、そうなの？」

ルーファスも彼のことを、目端の利く者だと言っていた。エミリアも、少し接しただけでそうだと思った。シリルなら王城でも楽に勤められそうだと見える。

だが、彼は苦い笑いを浮かべた。

「はい。個人的な話になりますが……私は孤児で身よりもなく、ある貴族に拾われ下僕として仕えておりました」

「まあ……」

それで、若いのにこんなに気遣いが出来て上手く立ち回りが出来ているんだろうか。皆の気遣う視線に、シリルは淡々と続けた。

「そこから色々ありまして、偶然ですが、ルーファスさまの従僕として勤めるようになりました。ルーファスさまには何くれなく面倒を見て頂き、取り立てて頂きましたが……やはり後ろ盾のない下僕出身の身、朋輩から辛い目に遭されることも一度や二度ではありませんでした」

「シリル、家で良かったらいつまでも居ていいのよ」

「そうだぞ、もしそんなことがあればすぐに言ってくれ」

エミリアの母と父はすっかりシリルに親身になっている。

シリルはぺこりと頭を下げて言った。

「ありがとうございます。此処は良いところです。けれど……王城では、何度も逃げ出そうかと考えていました。それをルーファスさまは気付かれたようです。私に、エミリアさまが王城に居る間、代わりに此処に残るよう言われました。その期間が延びるうち、すっかり居心地がよくなってしまい、今では離れがたくなっています」

そうまで言われると、エミリアもこの人事は良かったのだと思う。

「それなら、丁度良かったのね」

「はい」

父母はやはりシリルに此処に居てもらいたいと頼りにしているようだ。すっかりシリルがこの荘園を切り盛りしているらしい。


リビングで談笑した後、エミリアは懐かしの自分の部屋に行ってみた。もう、ここで暮らすこともないのだと少し感傷に浸る。

すると、ノックの音もそこそこにジェシカが入ってきた。エミリアを追いかけてきたのだ。どうしても話をしたかったらしく、エミリアが口を開く前に捲《まく》したてる。

「お嬢さま！　もー、まさかあの方が王子さまだったなんて！　それに、お嬢さまをお迎えに来て、そのまま王太子妃さまにだなんてっ！　凄いですわねー、まさか、あのすぐ服を泥まみれにしていたお嬢さまが王太子妃になるだなんて、信じられないですわ」

「も、もう、ジェシカったら……」

使用人とはいえ、自分が生まれる前から居るジェシカに敵《かな》う筈がない。諫《いさ》めようとする間もなく、ジェシカは次の話題に移った。

「そうそう！　お嬢さま、聞きました？　あのテレンスが出て行ったこと！」

「ええ、聞いたわ。王都で彼らしく過ごせる方が、きっと良いでしょうね。お父さまもそうおっしゃっていたわ」

「あははっ、まさか。そんなんじゃありませんよ。あの人、あんな性格でうるさくて、皆に慕われていなかったでしょう？　けど、あのシリルさんはさすがでねぇ。荘園の皆の方が先輩ですからって、やり方には口出しをせず、でも締めるところは締めるで。皆、一目置いてたんですよ」

「そうなの」

ジェシカはお喋りで大体話が長い。エミリアは部屋の中にしまってあったルーファスの手紙は何処にあったかしら、と探しながら適当な相槌《あいづち》を打った。

ジェシカは続ける。

「そうなんですよ。だからね、あの人、段々居場所がなくなってきて。旦那さまに、もっと仕事を任せて実権を寄越《よこ》すか、此処を出て王都に行くかのどっちかだって迫ったらしいんですよ」

「えっ、そうだったの？」

先ほど、父母から聞いた話とは少し違うようでエミリアの手は止まった。ジェシカを見ると、丸顔の侍女は深く頷いている。

「それも、自分を引き留めると思い込んで言ったんでしょうけどね。おあいにくさまでした、旦那さまは『それなら王都に出る方が君も幸せだろう』ってどうぞどうぞって見送ったんですよ。それも、結構なお代を今までのお礼だってまとめて払ったんですよ！　賃金はちゃんと払ってたのに！」

ジェシカの声が大きくなる。なるほど、まとまったお金を払ったことに腹立たしく思っているらしい。

しかしエミリアにとっては、彼が此処に居たいにもかかわらず、父母を試すようなことをして出て行ったと聞いたのが残念でならなかった。もっと素直になってほしかった。

けれど、この荘園に居た誰もがテレンスとは上手く付き合えなかったのだ。エミリア自身も、苦手意識が先立って本音でぶつかれなかった。もしエミリアが心から話そうとしても、それをテレンスが真面目に受け取るとも思えなかった。

今はもう居ない人を、どうか違う場所では上手くやれるようにと願うしかなかった。

実家での滞在は二泊にし、その間、エミリアは心置きなく寛《くつろ》いだり、行きたい場所に向かったりもした。

あのルーファスと最初に出会った森の中も、その一つだった。

此処で、彼と出会えなかったら今の二人はないのだから。

父母とゆっくり話すと、彼らはやはりシリルを頼りとし、出来ればずっと此処に居てほしいようだった。親戚たちとの話し合いと、シリルの希望が合致し上手くいけば、彼を養子として縁戚の娘を嫁にして跡を継いでもらえるかも、ということまで話していた。

それはシリルの将来についての考えもあるだろうし、結婚ともなると嫌がるかもしれない。これから一緒に暮らしてもらって、おいおい考えていこうという結論になった。

こんな風に、未来への展望があればエミリアも安心出来た。

出発の朝、エミリアは皆に深々と頭を下げた。

「これからは気軽には帰れないかもしれないけれど……私の故郷は此処で、いつもこの風景が胸にあるから。お父さま、お母さま、今までお世話になりました。皆、お父さまとお母さまのこと、よろしくね」

最後は涙で見送られ、エミリアはルーファスの待つ王宮へと戻った。

部屋から見つけ出した、彼の手紙と共に。


実家の事が片付いたので、エミリアはルーファスとの結婚について改めて考え始めた。

次は、結婚式だ。

式は、二人の為のものではなく、王国の式典であり皆の為に開くもの、といった位置づけである。

あれこれ用意に追い立てられているうちに、エミリアは今さらながらに悩みだしてしまった。

(本当に、私で良いのかしら……)

思考はぐるぐる回る。

ルーファスが望んでくれている。それはエミリアにとって嬉しいし、彼の傍に居たいと思う。

けれど、彼は王子でいずれ王となる人だ。王の横に立つのは、身分高く名家の生まれで、人の上に立つ教育を受けてきた令嬢の方が相応《ふさわ》しいのではないだろうか。

現に、エミリアの耳にもひそひそという貴族の噂話が入ってくる。聞きたくなくても、行く先々で聞こえるものなのだ。シリルが言っていた、王城勤めの辛さもこんなところにあったのではないか、と想像してしまう。

でも、シリルと違ってエミリアには唯一にして最大の後ろ盾、ルーファスが居る。彼はエミリアが良いと、エミリアでないと嫌だと言ってくれているのだ。

だったら……でも……。

もう何度も同じ考えを繰り返し、悩み、思考の渦に沈み込みそうになる。

寝室でぼんやりと考え込んでいたので、彼が部屋に入ってきたのも気付かなかった。

「日が沈むと冷えるだろう、エミリア」

突然、ルーファスの声がかかった。そう言われてみれば、もう日は沈みかけ夕焼けの赤い影が出来ていた。

以前にルーファスからもらった手紙を読み返そうと手にしていたが、すぐに箱にしまい立ち上がって言った。

「ごめんなさい、ぼーっとしてしまって」

「構わない。それより、エミリアが足りない」

ルーファスはエミリアをその腕に抱き、ぎゅっと閉じ込めた。そして嘆息する。

「ふぅ……誰も彼もが些末《さまつ》な事柄まで俺に尋ね、決めさせようとする。つい先日までは此方から動かない限り、何も言われなかったというのに」

「お疲れさま、ルーファス」

「全くだ。だが……エミリア、君も疲れているんじゃないのか」

「私は、何もしていないもの。疲れてなんかいないわ」

「疲れは、肉体的なものばかりではない。精神的にも疲れる筈だ」

「…………」

ルーファスは本当に優しいと、エミリアはこういう時に感じる。

一体どうした、何かあったかと尋ねられても、はっきりとした原因はないので上手く答えられない。でも、こうやって腕の中で甘やかされて、温かさに包まれるとつい悩みを吐露してしまう。

「私に……王太子妃さまなんて務まるのかしらって……今さらだけれど」

「本当に今さらだな」

「う……」

あっさりと返され、エミリアは彼の胸に額をつけ俯《うつむ》く。ルーファスはその様子に目を細め、くすりと笑って続けた。

「以前にも言ったが、俺が王子として自立しなければいけないと強く思ったのは欲しいものが出来たからだ。そして、その欲しいものは君だ、エミリア。俺はあの時、どうしても君を傍に置きたい、欲しいと願った。そして今がある」

「うん……」

「それに、俺が傍に居る」

「そうね……」

立太子の儀に向かう馬車の中では、ルーファスが居てくれればなんでも出来るような気がしていた。だが、あの時は無我夢中で、とにかく今日を無事に終わらせなければいけないと己を奮い立たせていたのだ。

今、全てが終わり冷静になってしまえば、色々と考えることも出来る。そんなエミリアの思いを受け取ったように、ルーファスは口を開いた。

「俺はいつも君の傍に居よう。エミリアを支え守ろう。君を手に入れる為に、強くなったんだ。君を支える為にも、強い夫であると約束する」

「ええ……」

王妃の役目が務まるかという心配にも増して、エミリアのよりどころはルーファスしか無いというのが不安だった。しかし、こんな風に言ってもらえると心が軽くなる。エミリアが感激していると、彼は続けて言った。

「本当は、王太子妃の勤めなどどうでも良い。エミリアさえ傍に居てくれたら、それで良いんだ。そのように取り計らうようにも出来る」

「いえ、そんな。大丈夫よ、ちょっと不安になったから言ってしまっただけなの……」

愚痴を零したら大事になりそうで、エミリアは慌ててしまった。でも、ルーファスがそれだけ真剣に考えてくれているのだ。そして彼に望まれている。エミリアはその事実にうっとりとなった。

きっと、ルーファスが隣に居てくれればうまくいく。彼に支えられ、そして自分も彼を励まし癒せたらなんて素晴らしいだろう。それは、エミリアにとって理想の夫婦像と言えた。

エミリアがうっとりとルーファスを見つめると、彼はふっと笑って口を開いた。

「そんな風に見られると、俺は世界で一番幸せな男なのではないかと思う。おいで、エミリア」

「まあ……」

ルーファスはソファに腰掛け、エミリアの手を引っ張り膝の上に彼女も座らせた。

エミリアは横座りになって、甘えるように彼の胸元にもたれた。たまに、ルーファスはこうやって話をしてくれる。エミリアはその時間がとても好きだった。

しばらく二人はそうやって静かに抱き合っていたが、ルーファスがぽつりと言った。

「過去の全ては、此処に収束する為にあったのだろうな」

「収束？」

「ああ。以前に言ったな。俺は昔、一番信頼していた人に裏切られ、命を狙われたことがあると」

ルーファスは詳しくは語っていなかった過去をエミリアに明かした。姉とも慕っていた世話係の侍女は、金目当てにルーファスを暗殺するよう送り込まれた刺客だった。そして、それに失敗すると『それはルーファスが王子に相応しくないからだ』と糾弾し始めたのだ。

手酷い裏切りに、ルーファスは衝撃を受けた。が、エミリアといつか再会したいという気持ちを支えとして乗り越えたのだ。

「今では、彼女を特に恨《うら》んだりはしていない。勉強になった、ということだ。どんな奴がどんな思惑を秘めて此処に居るのか分からないという学習は出来た。そして己の傍に居て支えてくれる人は誰なのか。窮地に立つほど人は本性を曝《さら》け出す」

淡々と言っているが、今この心情になれるまで、どれほど辛い時期を過ごしたことだろう。全てを明かしてくれたルーファスに、エミリアは涙を零した。彼が孤独な少年時代を過ごしていたというのが、切なくて胸が痛い。

「ルーファス……」

「泣くな、エミリア。だが、君が俺の為に涙を流してくれるというのは嬉しいが……君に会えて良かった。あの時もし出会えなかったら、森に置き去りにされなくとも俺はいずれ死んでいただろう」

そう言ってルーファスはエミリアの頬や瞼《まぶた》にちゅ、ちゅと軽いキスを繰り返す。その優しい仕草が嬉しくて、エミリアは彼にぎゅっと抱きついた。

全ては、彼と出会って此処に共にある為。何よりも、エミリアはルーファスがそう考え、それを喜んでいることが嬉しいと思えた。

ルーファスはふふっと笑って続ける。

「それに……泣いて同情してもらえるのも良いが、やはり俺としては君に慰めてもらえる方が良い」

「ええ……」

めそめそとしていてはいけない。エミリアは涙をぬぐい、彼の心を労《いたわ》る存在になりたいと頷いた。

次の瞬間、ルーファスは横座りをしていたエミリアの足を片方動かし、自分に跨《また》って向い合せとなる体勢にした。

「あの、ルーファス……？」

不穏なものを感じさせるルーファスの低い含み笑いに、エミリアは腰が引けた。しかし、彼の両手にがっちりと腰を掴まれ逃げられない。

「今日は君に慰めてもらうことにしよう」

「えっ、今から……？」

あと少しで夕食の時間になるというのに。部屋は西日の光とはいえまだ明るいし、それにけれど、ルーファスには執務がある筈だ。

ルーファスににっこり笑ってねだられるとエミリアは抗えない。

「ほら、エミリア。キスして」

「……っ」

エミリアはそっと彼に口付けた。ちゅ、ちゅと軽いキスをすると、ルーファスは誘うように口を開け、ちろりとエミリアの唇を舐《な》めた。

それだけで、ぞくりとエミリアの身体におぞ気が走る。エミリアは素直に従い、舌を差し出した。ルーファスの舌が迎え入れてくれる。舌先を擦り合わせ、ねっとりと絡み合わせるとじんじんとした快感で下腹部が疼《うず》いた。

ルーファスはキスをしながら器用に、エミリアのドレスの後ろのホックをはずしていった。途中まではずし、襟《えり》ぐりを前に引っ張ると丸い膨《ふく》らみがぽろりと零れ出た。

「んっ、ぅ……」

舌を彼の咥内で捉えられ、ぬるぬると愛撫《あいぶ》されているのに胸の先端を指の腹で弄《いじ》られている。胸の突起が疼き、尖ってきた。指で摘《つま》まれ、きゅっと虐《いじ》められると下着がじわりと濡れてしまったのを自覚する。

「あ……やだ、こんな恰好で……」

「エミリア、俺を慰めてくれるんだろう？」

「う……」

そう言われると強く出られない。恥ずかしいし、胸を見られるのも嫌だ。でも、何を言おうとルーファスを止められるわけはない。

彼は、片方の胸をやわやわと揉《も》みながら、もう片方の胸に口付けを始めた。舌先でちろちろと舐めた後、ぱくりと唇に加えられた。

「あん……っ」

吸いながら舌で転がされると、エミリアは思わずルーファスの頭を掻き抱くように両手を伸ばしてしまった。彼は気にせず続け、熱い舌で胸の先端を舐め回している。

「ふぁっ、あぁん……っ」

最後に強めに吸った後、唇を離すとちゅぽっと水音が鳴った。恥ずかしいが、やっと終わったとエミリアは熱い吐息を漏らす。片方の胸の先端だけ色付き、てらてらと濡れて光っている。

それを見て、ルーファスはもう片方の胸もぱくりと口に含んでしまった。

「あっ……ん……」

此方の方も、彼の唇に挟まれ舌で転がされる。エミリアは背をしならせて感じる。それに気を良くしたように、ルーファスは丹念に胸への愛撫を施した。

「あっ、も……っ、ルーファス、もぉいいから……っ」

胸だけがじんじんと疼いて下着がびしょ濡れで、エミリアはいやいやと首を横に振る。ルーファスは含み笑いをして言った。

「こっちにも触れてほしいか？」

ルーファスの膝に跨っているので、彼が足を開いてしまえばエミリアは腿《もも》をとじ合わせることが出来ない。彼が手をスカートの中に侵入させるのを止められはしなかった。果たして、ルーファスは迷いなく濡れた下着越しに割れ目にそってすりすりと指を動かした。

「あっ、あぁっ……」

「此処が一番、触ってほしいところだろう」

足を開いて座っているので、秘所を割り開かれているような状態だ。下着の薄布越しにもぷっくりと膨れている敏感な尖《とが》りを、ルーファスはそっと触れた。そのまま手を動かさず、じっと触れているだけなのでエミリアの腰は揺れてしまう。

「つ、そこ、だめぇ……っ」

「腰が動いているのは、もっと触ってほしいからではないのか？」

からかうように言われ、エミリアは羞恥で頬が染まった。恥ずかしくて、泣きそうになる。

でも、ルーファスが触れるか触れないかの力でゆっくりと花芯《かしん》を撫で回すと、もどかしくて腰を押しつけてしまう。下着は用を為さないほどに濡れそぼっていた。

「ふぁっ、あぁん……っ、はぁっ、んっ……」

「もっと啼《な》いて喘《あえ》ぐ姿が見たいな」

そう言うと、ルーファスは下着ごと尖りをきゅっと摘んだ。

「きゃぅっ……！」

突然の刺激にエミリアは声をあげ身体をびくつかせた。

ルーファスはゆるく尖りを摘んだまま、円を描くように動かした。エミリアの快感は一気に上昇していく。

「あっ、あーっ！　イッ……！」

もうイってしまう、その時に彼の手はすっと離れてしまった。

「あ……」

「後でちゃんと気持ち良くさせてやるから」

つい残念そうな声と顔になってしまったのを、宥めるように言われて恥ずかしくて堪らない。

ルーファスはそんなエミリアの顔を見つめながら、予告なしに下着の縁をずらし、指を熱く濡れた蜜口につぷりと挿入させた。指はなんの抵抗もなく奥まで飲み込まれていく。

「あっ！　んっ……」

「此処がエミリアの良いところだ。覚えたか？」

そう言って中の比較的浅いところをヘソ側にくいと押される。そこに触れられると、全身が疼き「もっと」と言いたくなる。

もっと動いて、もっと擦って、もっと挿《い》れて……。

震えて感じているエミリアに、ルーファスはにこりと笑って言い放った。

「練習だ、自分で動いてみろ」

「え……っ」

「腰を上げて、下ろすんだ」

「う、ん……」

エミリアは更に足を開き、彼の足の脇のソファに膝をついた。そして、言われた通りにゆっくりと腰を上げる。それだけでじんわりと気持ちが良い。更に下ろすと、中の肉壁が快感でひくついた。

「はぁっ、んっ……」

ルーファスに言われるまでもなく、エミリアの腰は動き始めていた。気持ちがいいけれど、でも思った所に当てるのが難しい。良いところに彼の指を当てたいのに、全く出来ない。懸命に動くが、全く物足りなくてエミリアは小首を傾げてしまった。

「下手だな」

「っ……」

端的に指摘され、言葉に詰まる。どうしたものかと、困った顔で彼を見上げた。

「指を増やしてやろう。続けて」

「っ、あぁっ……」

二本の指が挿入され、そして指先が肉壁に触れるようくいっと曲げられる。其処はやはり、エミリアが痺《しび》れるほど快感を得られる場所だった。腰を浮かせ、また下ろす。さっきよりは上手く出来ているような気がする。

「はぁっ……んっ、ぅ……っ」

エミリアは懸命に腰を動かした。指を感じる場所に押しつける為に、上下だけでなく前にも動かすと良いような気がする。

ルーファスの指をしとどに濡らしながら動いていると、彼の親指が敏感な尖りに触れた。それは器用に包皮を剝《む》いて、興奮に膨れた陰核《いんかく》をこりこりと押し潰す。

「ひぁっ！　あぁん……！　あぁっ、も、ルーファス……っ！」

紅く色付き、肥大した陰核をルーファスに弄られると、すぐに達しそうになる。中にある彼の指を締めつけながら、絶頂へ向かっているともうすぐという時に、指は引き抜かれた。

「はぁっ、はぁっ……ぅ……」

「そろそろ良いだろう。エミリア、脱がすよ」

濡れた脚の間が気になって仕方がないエミリアを立たせ、ルーファスは彼女のドレスをぱさりと下に落とした。それから下着も脱がし、身に着けているものは腿までのストッキングにガーターベルト、それに靴だけにした。

ルーファスは下衣を寛げ、猛りきった自身を取り出すと再びソファに座った。そしてエミリアを上に跨らせる。

「このまま腰を落とすんだ」

「っ……」

ルーファスは服を着たままで、自分だけが裸というのが恥ずかしすぎる。

彼の服に胸の先端が擦れて当たると、刺激と共に興奮が身体を支配する。エミリアは熱い息を吐いた。

蜜口に彼自身を宛がわれ、エミリアはゆっくり腰を落として挿れようとした。

けれど、其処はびしょ濡れでつるりと滑ってしまう。ずれた肉棒の先端が陰核を強く擦り、エミリアは甘えた声を出してしまった。

「ふぁっ……んんっ……」

「これも気持ち良いのか？」

ルーファスが面白がるように、固く熱い男根をエミリアの割れ目に擦りつける。

「はぁっ、あっ……ん……っ」

くちゅ、くちゅともどかしい快感は二人の身体に火をつけた。エミリアはもっと、と腰を動かそうとするが、ルーファスは更に直接的な快感を求めた。

再びルーファス自身にエミリアの蜜口を宛がうと、彼女の腰を持って突き上げ、一気に貫いたのだ。

「ひぁあっ！　あっ、あぁぁーーーっ！」

ずんっ、と最奥まで突かれエミリアは仰け反って嬌声《きょうせい》をあげた。

肉壁を太い男根で奥まで一息で割り開かれ、埋められている。あまりの衝撃に、動けない。

今動くと、すぐにでも達してしまいそうでもあった。

「はっ、はふっ、んぅっ……はぁっ……」

必死に息を整え、爆発しそうな快楽を落ち着けようとする。

だが、ルーファスはそれを許さなかった。腰を突き上げ、エミリアの身体を引き寄せる。それから、彼女の腰を持ち上げてまた一気に落とした。

「あっ、だめっ、イきそう……っ！」

エミリアの中はぎゅうぎゅうとルーファスの肉棒を締めつけ、すぐにでも達しそうな雰囲気だ。駄目だと言いながらも、エミリアの言葉は甘く、実際は気持ち良いと言っているようだ。

「エミリアも動いて」

言われると、エミリアは素直に動こうとする。しかし、少し腰を浮かしただけですぐに喉を反らし降参した。

「もっ、だめ……っ！　あーっ！　イっちゃう……っ！　あぁぁっ！」

腰を揺らし、ルーファスにしがみつきながらエミリアは呆気《あっけ》なく達してしまった。

それまでに、散々我慢させられ焦らされてきたからだろう。背をしならせ、がくがくと身体を震わせた後、ルーファスの胸に倒れ込んできた。

はあはあと荒い息で、エミリアは動けない。

すると、ルーファスは立ち上がり二人の姿勢を逆転させた。エミリアをソファの上に座らせ、膝裏に手を差し込んで足を大きく開けさせる。

それから再び、一気に奥まで貫いた。快楽が収まりきらないうちに新たな快感を送られ、エミリアは大きな声で喘いだ。

「あぁぁあっ！　ひぁぁっんっ！　やぁっ、イったとこだからぁ……っ！」

「俺はまだだ」

ルーファスはふふっと笑ってエミリアの反応を見るように、最奥までぐじゅぐじゅと突いた。それからゆっくりと腰を引いて亀頭が蜜口から見える寸前まで抜くと、また一気に奥まで挿《さ》し込んだ。

「ひぁあっ！　あっ、あぁっ、ルーファスぅ……っ！」

エミリアの中は貪欲に更なる快感を得ようと、ひくひくわななないてルーファス自身に纏わりつく。エミリアが快楽しか感じず、痛みを覚えていないようなのでルーファスは連続して抜き挿しを繰り返し始めた。

じゅぶっ、じゅぶっと厭《いや》らしい水音と、二人の腰がぶつかり合う音が部屋に響く。

陶酔《とうすい》し快楽に喘ぐエミリアに、ルーファスも恍惚《こうこつ》の境地で囁く。

「エミリア、君には本当に癒される。これからも俺を慰めてくれ」

「あぁあっ！　ルーファス、好きっ……！」

ごつごつと子宮口まで挿れられて当たって、またイきそうになる。奥も気持ちが良いし、たまに掠《かす》めるように当たる陰核を擦られる刺激も堪《たま》らない。

「ふふ、良い子だ。可愛いよ。そういえば、此処をまだ可愛がってあげてなかったな」

息を弾ませながらも笑顔のルーファスは、エミリアの中の良いところ、蜜口の比較的浅い箇所にある陰核の裏側を亀頭の出っ張った部分でごりごりと擦った。

「きゃひぃっっ！　あぅっ、あぁぁーーっ！　好き、ルーファス、好きぃ……っ！」

エミリアの身体中が快感で痺れ、急激に絶頂へと向かう。蜜を撒き散らしヨダレを垂らしながら、エミリアは嬌声の中に彼への好意を伝え、そして達した。

ルーファスも中の収縮に逆らわず、最奥まで突いて思う存分中に欲望を浴びせかける。

信じられないくらい気持ち良かった。

二人共果てたが、まだ互いの性器は絡み合ったままで息が整わない。

それでも、ルーファスははぁっと吐息を漏らしてから、未だ欲望の衰《おとろ》えない瞳でエミリアを見つめて言った。

「君は俺のものだ。これからもずっと」

エミリアの中がきゅんっと引き攣《つ》り、ルーファスの雄を締めつけた。そして頷く。

「ええ……私はルーファスのものよ」

「愛している、エミリア」

「私も愛しているわ、ルーファス……」

その翌年、ヴィレカイム王国では王太子の結婚式が盛大に行われた。

王太子妃の身分は低いが、政略結婚ではなく、初恋を実らせた王子に国民も惜しみなく祝福した。

王子から国王となった後も、王は妃だけを愛し末永く暮らしたという。

エミリアは結婚後も益々愛され、ルーファスの監視癖と束縛は治らなかったとはごく一部の者だけが知る事実だった。

あとがき

はじめまして。初の書き下ろし本を刊行していただき、とても嬉しいです。園内かなです。

初めて文庫本を書き下ろすにあたって、本当に何も分かっていなくてたくさんの方に助けていただきました。まずプロットという物を書いてお話の設計をするのですが、その書き方さえ分かりませんでした。諸先輩方に助けを求め、プロットを見せて頂いたのですがそれはとてもオリジナリティに富んだ物でした。

ある方はものすごく短くあらすじ程度だったり、プロットなのに最後まで書かれておらず途中で終わっている物も。また別の方は、箱書きと呼ばれるシーンまで詳細に書かれている物だったり、登場人物の説明や設定、舞台や小道具までちゃんと書いていたり。

いやあ、勉強になりました。Y先生、M先生、N先生、A先生、ご指導ありがとうございました！

それから、原稿仲間でお互いサボらないよう監視しあっていたH先生、V先生、K先生もありがとう。私がサボって無言でゲームをし始めた際に
「遊んでない？　原稿しろよ！」

と厳しく注意してくれて感謝です。なんでバレたんだろう、手元は見えない筈なのに……。

イラストを担当してくださった芒其之一先生、お忙しい中ありがとうございます。そして一番お世話になった担当編集のSさま、本当にありがとうございました。Sさまのおかげでこの本が生まれました。

ここまでお付き合いくださった読者のみなさま、本作はいかがだったでしょうか。もしよろしければ、感想など頂ければとっても喜びます。ご意見ご感想、お待ちしております！

それではまた、お目にかかれることを祈って。ありがとうございました。

園内かな

本作品は書き下ろしです

園内かな先生、芒其之一先生へのお便り、
本作品に関するご意見、ご感想などは
〒101-8405
東京都千代田区三崎町2-18-11
二見書房　ハニー文庫
「猫かぶり殿下の執着愛」係まで。

Honey Novel

猫《ねこ》かぶり殿下《でんか》の執着《しゅうちゃく》愛《あい》

【著者】園内《そのうち》かな

【発行所】株式会社二見書房
東京都千代田区三崎町2-18-11
電話　03(3515)2311［営業］
　　　03(3515)2314［編集］
振替　00170 4 2639
【印刷】株式会社堀内印刷所
【製本】ナショナル製本協同組合

落丁・乱丁本はお取り替えいたします。
定価は、カバーに表示してあります。

ISBN978-4-576-16041-2

http://honey.futami.co.jp/